KB122943

흑등고래 모모의 여행

혹등고래 모모의 여행

류커샹 글·그림 ○ 하은지 옮김

더숲

흑등고래 모모의 여행

드넓은 바다에서부터
나는 보았네
세상과 나의 줄다리기를.

차
례

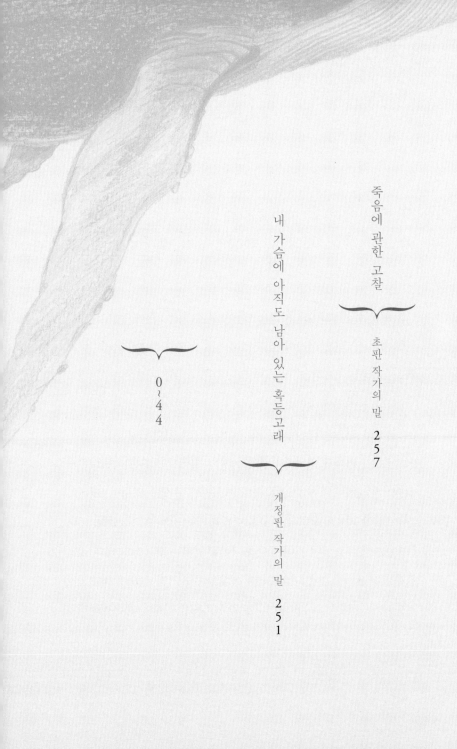

0

바다 위 6~7미터까지 힘차게 날아오른 모모는 깊은숨을 토해내고 다시 물속으로 들어갔다. 그럴 때마다 그 자리에 육중한 몸집만큼 커다란 물거품이 생겼다.

적막이 흐르던 바다 밑이 순식간에 스산한 분위기에 사로잡혔다.

은회색의 몸뚱어리는 마치 하나의 거대한 운석처럼 공중에 날아올랐다가 다시 먼 곳을 향해 곧바로 떨어졌다. 떨어진 그곳에는 또 다른 거대한 은회색 물체가 있었다. 모모보다 훨씬 몸집이 큰 놈, 그것은 보이지 않을 정도의 빠른 속도로 모모를 향해 헤엄쳐 오고 있었다.

이윽고 바다 밑에서 거대한 두 물체가 부딪치는 굉음이 들렸다. 화산 폭발로 용암이 분출하듯 수면에 거대한 물줄기가 솟았다. 거대한 두 물체가 물 위로 뛰어올라 머리를 맞대고 힘을 겨루었다. 은백색의 갑옷을 입은 듯 등에서는 움직일 때마다 번쩍번쩍 빛이 났다. 물 위로 뛰어오른 두 물체가 다시 물속으로 떨어질 때마다 굉음과 함께 거대한 파도가 일었다.

모모는 상대의 몸에 붙어 있던 날카로운 조개에 살이 패어 등에 상처가 났음을 느낄 수 있었다. 순간 비명에 가까운 신음이 나왔다. 극한의 아픔으로 정신을 잃을 것만 같았다. 하지만 포기하지 않았다. 아픔을 참으며 원래의 공격 태세를 계속해서 이어갔다. 등 쪽에서 흘러나온 피가 눈앞의 물을 붉게 물들였다.

적은 공격을 멈추었다. 유난히 흰 꼬리를 꼿꼿하게 치켜들고 승자의 자세를 취한 채 유유히 떠나가는 상대를 그저 바라봐야만 했다.

또 졌다! 그는 절망했다. 지금껏 가장 많은 준비를 하고 충분히 이길 수 있으리라 생각했던 싸움이었다. 자존심이 무너졌다. 무너진 자존심처럼 그의 몸은 균형을 잃고 깊은 바다 밑으로 추락하고 또 추락했다.

적막이 흐르던 바다 밑이 순식간에 스산한 분위기에 사로잡혔다.
모모보다 훨씬 몸집이 큰 놈이 빠른 속도로 모모를 향해 헤엄쳐 오고 있었다.
이윽고 바다 밑에서 거대한 두 물체가 부딪치는 꿍음이 들렸다.

'또 졌어!'
그는 절망했다.
지금껏 가장 많은 준비를 하고 충분히 이길 수 있으리라
생각했던 싸움이었다.
자존심이 무너졌다. 갑자기 피로감이 밀려왔다.

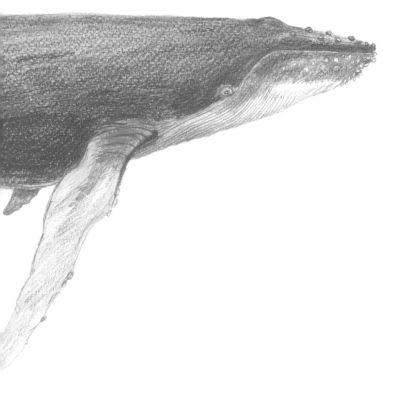

1

한밤중이 지나자 해수면이 조금씩 높아졌다.

강어귀에 거대한 소용돌이가 나타났다.

원래 이쪽에는 소용돌이가 자주 출현했다. 하지만 대부분 썰물 때 강어귀에서 멀리 떨어진 북쪽 암반 지역에 자주 나타났고 그마저도 작은 규모로 아주 잠깐 나타났다가 사라지고는 했다. 그런데 이번에는 달랐다. 아주 오랜 시간 사라지지 않았다. 게다가 거대한 규모로 회전하며 소용돌이를 만들어낸 탓에 그 주변의 물과 부유생물이 무섭게 원 안으로 빨려 들어갔다. 마치 바다 밑에 거대한 블랙홀이 생긴 것만 같았다.

이 거대한 소용돌이를 처음 발견한 것은 갈매기였다.

두세 마리의 갈매기들이 한밤중에 주린 배를 채우기 위해 그나마 유일하게 먹이를 구할 수 있는 강어귀를 빙빙 날아다니다가 생각지도 못하게 발견한 것이었다.

보통 거대한 소용돌이가 나타나면 그 주변에 있던 각종 해양 생물이 빨려 들어간다. 그래서 그 생물을 먹으려는 고기 떼들이 주변에 몰려들게 마련이다. 그 덕분에 그곳에는 순간적으로 대형 먹이사슬이 형성된다. 소용돌이의 몸집이 크면 클수록 포획할 수 있는 생물의 종류도 다양해진다.

조금 뒤 저 멀리 암초 위에 앉아 있던 갈매기 떼가 일제히 그곳으로 날아들었다. 별안간 한밤중에 소용돌이 위로 수백 마리의 갈매기들이 날아들어 시끄럽게 울어대며 먹이를 낚아채고 서로 빼앗는 진풍경이 일어났다.

갈매기들은 눈앞의 먹이를 놓칠까 봐 혈안이 되었다. 겨울이 되면서 강어귀의 물고기들이 자취를 감추는 바람에 굶주려 있던 탓이었다. 그 때문에 배를 채우려 어쩔 수 없이 모래사장의 쓰레기 더미를 뒤지기 일쑤였다. 그런데 지금 소용돌이 주변으로 몰려든 물고기 떼는 겨울 이래 가장 많이 모인 먹잇감이었다. 행여나 이 기회를 놓칠세라 갈매기들은 날카롭게 울어대며 바쁘게 움직였다.

어린 갈매기들은 참지 못하고 쏜살같이 날아들어 오리처럼 물 위에 떠서 바쁘게 주둥이를 움직였다. 굶주렸던 배를 채우느라 먹는 데 정신이 빠져 거세게 몰아치는 소용돌이 안으로 빨려 들어갈 뻔했다. 하지만 그러기 직전 가까스로 날갯짓해서 힘들게 하늘로 올라왔고 다시 소용돌이 근처로 내려갔다. 그것은 그렇게 수차례 반복되었다.

반면 나이를 먹은 갈매기들은 비교적 신중했다. 굶주림을 참아가며 빙빙 그 주위를 돌다가 어쩌다 한 번씩 물 위로 내려가 작은 물고기를 물어 올렸다. 낚아 올린 물고기는 하늘 위에서 열심히 날갯짓하며 배 속으로 삼켰다. 하지만 한 번도 그토록 커다란 소용돌이를 본 적 없는 갈매기들의 마음 한쪽에는 왠지 모를 두려움이 있었다.

한마디로 아비규환이었다. 하늘에는 위협적이고 격양된 울음소리를 내며 빠른 속도로 올라갔다 내려갔다 하는 갈매기들이 서로 뒤엉켜 있었다. 거대한 소용돌이는 정신없이 올라갔다 내려갔다를 반복하는 갈매기 떼의 움직임을 지휘했다. 마치 수백 개의 음표가 물 위에서 튀어 올랐다 내려가는 듯했다. 강어귀에 나타난 소용돌이가 굶주린 갈매기 떼를 배고픔과 욕망이 뒤섞인 혼란의 클라이맥스로 끌고 갔다. 겨울이 되고 먹이가 사라지면서 자연스레 지켜졌던 침묵의 질서가 파괴되었다.

그런데 갑자기 소용돌이가 사라졌다. 레코드판처럼 빠르게 돌아

혹등고래 모모의 여행

가던 이 소용돌이의 반주가 마치 정전이 된 것처럼 움직이지 않았다. 그리고 조금씩 원래의 평온한 상태로 돌아갔다. 놀란 갈매기들은 돌연 아무 소리도 내지 않았다. 정적이 내려앉은 수면 위로 고요한 불안이 순식간에 퍼져나갔다. 곧 무슨 일이 일어날 것만 같았다. 물에 내려가 있던 어린 갈매기들도 재빨리 하늘로 날아올라 당황한 얼굴로 주위를 이리저리 살폈다. 이제 물 위에는 몇몇 수중 생물만 흩어져 둥둥 떠다녔다. 생소한 광경에 너도나도 몰려들었던 물고기 떼도 하나둘씩 흩어졌다. 갈매기들은 조용히 바람을 가르며 미끄러지듯 날아다니면서 또 한 번 새로운 소용돌이가 나타나길 기대했다. 하지만 그런 일은 없었다. 물 위로는 미련을 버리지 못한 갈매기들이 차가운 동북풍을 가르며 날아다니는 소리만 들릴 뿐이었다.

칠흑같이 어둡고 깊은 물속에는 아무것도 보이지 않았다. 수면은 곧바로 파도가 넘실대는 상태로 돌아왔다. 차가운 바람이 쌩쌩 불어댔고 날씨는 평소보다 더 추운 것 같았다. 십 분 정도 그 자리를 맴돌던 갈매기들도 더는 먹이 떼가 나타나지 않자 한기를 견디지 못하고 암초가 있는 곳으로 날아가 몸을 녹였다.

마지막까지 미련을 버리지 못하고 남아 있던 서너 마리의 갈매기들도 결국 마음을 접고 암초가 있는 곳으로 날아가려고 발길을 돌리려는 순간이었다. 돌연 물 위로 2미터쯤 되는 거대한 물기둥이 웅장한 소리를 내며 치솟았다. 날아가던 갈매기들이 약속이나 한 듯 소리가 나는 쪽으로 고개를 돌렸다. 솟아오른 흰색의 물기둥이 주변에 뿌연 물안개를 만들었다. 이어서 물 위로 불안한 기운이 감돌더니 다시 한번 거대한 소용돌이가 나타났다. 암초로 날아갔던 갈매기들이 흥분을 감추지 못하고 요란한 소리를 내며 다시 돌아왔다. 갈매기들은 오늘 새벽만큼은 모래사장에 가서 먹을 것을 찾아다니느라 힘을 빼지 않아도 되겠다고 생각했다. 지금 모여든 물고기 떼만 합쳐도 사나흘은 너끈히 버틸 수 있을 것 같았다.

하지만 이번에는 소용돌이 안쪽으로 엄청나게 많은 물거품이 생겼다. 마치 굴뚝에서 연기가 모락모락 피어나듯 바다 저 깊은 곳에서부터 한줄기 새하얀 거품이 일어나더니 거대한 거품 그물이 형성되었다. 물고기 떼는 그 거품 그물에 걸려들어 오도 가도 못하는 상황이 되었다.

갑자기 나타난 물거품이 물 위로 하얗게 번져나가 갈매기들의 사냥을 방해했다. 물거품 탓에 물고기 떼의 위치를 정확히 볼 수 없었기 때문이다. 갈매기들은 허공에서 날갯짓하며 분노에 찬 듯 날카로운 울음소리를 냈다. 하지만 그렇다고 다시 돌아가기엔 눈앞의 먹잇감이 너무 아까웠다. 그저 주린 배를 부여잡고 그 자리를 빙빙 돌 수밖에 없었다. 오랜 기다림 끝에 물거품이 사라져 물 아래로 내려가자 소용돌이도 자취를 감추었다. 더욱 화가 난 갈매기들이 신경질적인 소리를 내며 서로를 견제하느라 소동이 빚어졌다. 갈매기들은 곧바로 암초로 돌아가지 않고 계속해서 그 자리를 맴돌았다. 하지만 쉼 없는 날갯짓 탓에 점점 지쳐갔다. 할 수 없이 휴식을 취하기 위해 위험을 무릅쓰고 수면으로 내려갔다. 그러나 오랜 시간이 지나도록 소용돌이는 나타나지 않았다. 갈매기들은 또 한 번 속았다.

차가운 바람이 더욱 거세게 몰아쳤다. 갈매기들은 이제 화낼 힘조차 남아 있지 않았다. 결국, 울음소리 한 번 내지 않은 채 피곤함에 지친 몸을 이끌고 다시 느릿느릿 암초 쪽으로 날아갔다.

다시 소용돌이가 나타났을 때 갈매기들의 모습은 보이지 않았다.

물속에는 서른 마리 정도의 납작한 병어 떼만 있을 뿐이었다. 병어 떼는 이 부근에서 무리 지어 몰려다녔다. 달빛 아래에서 비교적 따뜻한 상층의 해수를 돌아다니며 먹을 것을 찾는 중이었다.

그런데 갑자기 위쪽에 먹구름이라도 덮친 듯 새까만 그림자가 드리워졌다. 뒤이어 그림자가 서서히 커지더니 희미하게 비추던 달빛마저 모두 가려버렸다. 병어 떼는 깜깜한 물속을 헤엄치며 다시 달빛이 비치길 기다렸다. 그런데 돌연 눈앞이 번쩍이며 잠깐 빛이 들어오더니 새까맣고 거대한 그림자가 천천히 그들을 향해 다가왔다.

병어들은 벼락을 맞은 듯 그 자리에서 굳어버렸다. 이제껏 그토록 거대한 검은색의 괴물은 본 적이 없었기 때문이다. 배는 아니었지만 그렇다고 지금껏 보았던 물고기의 모습도 아닌 듯했다. 멍하니 있던 병어들이 정신을 차리고 삽시간에 사방으로 흩어졌다가 한참이 지나서야 다시 모여들었다. 거대한 괴물은 여전히 좌우로 몸통을 흔들며 앞을 향해 유유히 나아가고 있었다. 병어 떼에게는 관심조차 없는 듯했다.

병어들은 방금 전까지 자신들이 뭘 하고 있었는지도 잊은 채 호기심 가득한 눈으로 거대한 물체를 바라보았다. 괴물의 움직임은 느리면서도 여유로웠다. 공격성을 띤 것 같지는 않았다. 병어들의 간이 호기심만큼이나 커졌다. 그들은 점점 거대한 괴물 옆으로 다가가 냄새를 맡기 시작했다.

달빛을 받아 움직이는 괴물의 모습은 마치 조명 아래에서 음악에 몸을 맡기고 자유롭게 춤추는 댄서와 같았다. 한밤의 달빛이 괴물의 모습에 신비감을 더해주었다.

병어들이 가장 먼저 살피기 시작한 것은 괴물의 꼬리지느러미였다. 괴물의 꼬리는 병어를 비롯한 다른 어류와는 완전히 달랐다. 세로로 세운 모습은 마치 배의 조타기와 같았고, 양옆으로 갈라진 모양은 독수리의 날개 같았다. 갈라진 꼬리지느러미 양쪽에는 백색의 커다란 반점이 있었고 딱딱한 물체들이 붙어 있었다. 가까이 가서 보니 반짝거리며 빛나는 날카로운 조개껍데기들이었다. 병어들은 그것을 따개비라고 불렀다. 껍데기가 돌처럼 딱딱하고 가장자리는 칼처럼 날카로운 따개비들이 개미 떼처럼 괴물의 몸에 한가득 붙어 기생하고 있었다. 언뜻 보기에도 오랜 시간 괴물의 몸에 붙어 있었던 것 같았다.

배고픔을 참지 못한 몇몇 병어들이 입을 벌려 따개비를 먹으려고 하자 따개비들이 껍데기 속으로 곧장 몸을 감추었다. 작은 생물들의 움직임에 불편함을 느낀 괴물이 귀찮다는 듯 꼬리지느러미를 조금씩 흔들었다. 가볍게 한 번 흔들었을 뿐인데도 병어들에게는 거대한 파도가 몰아치는 듯했다. 꼬리의 움직임에 따라 물이 흐르는 방향이 바뀌어 병어 떼가 저만치 밀려나고는 했다. 다행히도 얼마 후 괴물의 움직임이 느려졌다. 다시 원래의 방향으로 물이 흐르자 병어들은 마음의 준비를 하고 대열을 맞추어 거대한 괴물을 따라갔다. 병어들은 바닷속에서 꼬리잡기 게임이라도 하듯 흥분을 감추지 못하고 힘차게 헤엄쳤다.

꼬리지느러미 아래쪽에 다다른 병어 떼는 괴물의 동그란 몸통을 힘겹게 돌아 등지느러미 쪽으로 가까이 다가갔다. 등 쪽에는 작은 언덕처럼 볼록한 혹이 낙타의 등에 붙어 있는 그것처럼 솟아올라 있었다. 두려움을 느낀 병어들이 등 아래쪽으로 재빨리 헤엄쳤다.

등 아래쪽은 완전히 다른 모습이었다. 배에서부터 가슴까지 백색으로 뒤덮여 있었고 여러 개의 주름이 파여 있었는데 주름 사이의 간격이 상당히 일정했다. 병어들은 조심조심 앞쪽으로 헤엄쳤다. 가슴 쪽에 있는 주름은 거대한 가슴지느러미까지 이어졌다.

병어와 비교해보면 괴물의 가슴지느러미는 몸통에 비해 지나치게 크고 길었다. 흡사 새의 날개와 같은 비율이었다. 가슴지느러미 쪽에도 수없이 많은 따개비가 기생하고 있었다. 지느러미 밑에서 병어들은 언제 괴물의 눈에 띌지 몰라 가슴을 졸였다. 그들은 조금 전 괴물이 꼬리지느러미를 휘저었을 때의 힘을 떠올리고는 두근거리는 마음을 진정시키며 조심스레 괴물의 등 쪽으로 올라가려고 애썼다.

머리에서부터 꼬리까지 괴물의 몸집은 실로 거대했다! 병어들은 분명히 반대쪽에도 가슴지느러미가 있으리라 생각했다. 과연 다른 한쪽에도 가슴지느러미가 달려 있었다. 새가 날갯짓하듯 두 지느러미가 천천히 위아래로 움직였다.

이제 병어 떼는 등의 중심으로 왔다. 이때 등지느러미가 뒤쪽으로 기울어졌다. 마치 작은 동산 같았다.

이것은 병어들이 이제껏 봐왔던 것 중 가장 큰 생물체의 몸이었다. 병어 떼는 앞으로 헤엄쳤다. 검은색으로 덮인 등 부분에 골짜기처럼 깊게 팬 흉터가 보였다. 무언가에 심하게 긁힌 듯 검은 등에 한 줄기의 흰색 선이 죽 그어져 있었다. 분명 어딘가에서 다쳐서 상처를 입었거나 사냥총을 맞은 것 같았다. 아니면 다른 동물과 격렬한 싸움 끝에 남은 흔적일지도 몰랐다. 이런저런 추측을 하며 병어 떼는 다시 앞으로 헤엄쳤다. 검은색의 등을 타고 앞으로 헤엄치자니 화산구같이 생긴 커다란 구멍이 보였다. 구멍은 닫혀 있는 상태였다. 아마도 괴물은 이 구멍으로 숨을 쉬는 것 같았다. 영리한 병어 떼는 잽싸게 구멍 옆쪽으로 움직여 헤엄쳤다.

숨구멍을 지나자 머리 부분이 나타났다. 앞쪽으로 가니 작은 동산처럼 한데 모여 있는 따개비 무리가 점점 더 많아졌다. 괴물의 입가에는 벌집에 모인 꿀벌들처럼 따개비가 몰려 있었다.

몸통 탐험을 마친 병어 떼가 괴물의 입술 밑 쪽으로 헤엄쳐 갔다. 그러자 지금까지와는 비교할 수 없을 정도로 많은 따개비가 붙어 있는 것이 보였다. 마치 해안 지역에 울퉁불퉁하게 솟아 있는 바위들 같았다. 조금 전 배 쪽에서 보았던 주름은 가슴을 지나 입술까지 연결된 듯했다.

병어들은 괴물의 입술 모양을 보고 한 번 더 놀랐다. 지금까지 본 적 없는 입술 크기였기 때문이다. 만일 괴물이 입을 벌리면 한입에 자신들을 쓸어 담는 것은 식은 죽 먹기일 듯했다. 하지만 다행히도 괴물은 입술을 오므리고 있었다. 입술 선은 눈 바로 앞쪽에서부터 아래로 큰 곡선을 그리고 있었는데 배에서 시작된 주름과 하나로 이어져 있는 것처럼 보였다. 다문 입술이 둥근 곡선을 그리고 있어서인지 괴물의 얼굴은 웃고 있는 것처럼 보였다.

마치 병어 떼를 향해 따뜻하고 평화로운 미소를 지어주는 듯했다.

그 모습에 병어 떼는 두려운 마음을 내려놓고 천천히 입꼬리 뒤쪽으로 헤엄쳤다.

그런데 눈은? 이 낯선 생물체의 몸에서 가장 중요한 부분이라고도 할 수 있는 눈은 대체 어디 있는 걸까? 병어들은 당혹스러움에 불안함을 감추지 못했다. 입꼬리를 따라 헤엄치다가 입가에 다다른 병어 떼는 자신들의 몸에 있는 그 어떤 신체 부위보다 큰 괴물의 눈을 발견했다. 하지만 거대한 괴물의 몸집에 비해 어쩐지 눈이 너무 작아 보여 웃음이 터질 뻔했다.

괴물이 자신의 곁을 맴돌던 병어 떼와 눈이 마주쳤다. 하지만 그는 눈도 껌뻑하지 않은 채 아무런 표정 없이 병어 떼를 쳐다보기만 했다. 반대로 너무 놀란 병어 떼는 순식간에 3~4미터 정도 도망갔다가 돌아왔다. 하지만 괴물은 아무런 동작도 취하지 않았다. 심지어 병어 떼의 움직임에 눈길조차 주지 않았다. 괴물은 그저 앞만 주시할 뿐이었다. 마치 그 자리에 굳어버린 동상처럼 영원히 앞만 바라볼 것 같았다.

더욱 대담해진 병어들이 앞으로 헤엄치며 괴물의 눈을 탐색하기 시작했다.

그러자 이번에는 괴물이 그들의 존재를 눈치챈 것 같았다. 괴물은 이제 탐색 게임은 끝났다는 듯 꼬리지느러미를 힘차게 내리쳤다. 이번의 움직임은 조금 전보다 훨씬 더 강력했다. 병어 떼는 물의 흐름이 완전히 바뀐 것을 느낄 수 있었다. 괴물은 꼬리지느러미로 물을 내리친 힘으로 바다 위쪽으로 헤엄쳐 갔다. 흔들리던 몸을 겨우 가눈 병어 떼가 위쪽을 바라보니 괴물은 한 마리의 새처럼 바다 위쪽을 향해 날아가고 있었다. 그리고 순식간에 아득히 저 먼 곳으로 멀어졌다. 병어 떼는 안간힘을 다해 속도를 내보았지만 따라갈 수 없었다.

방금 병어 떼가 본 것은 한 마리의 고래였다.

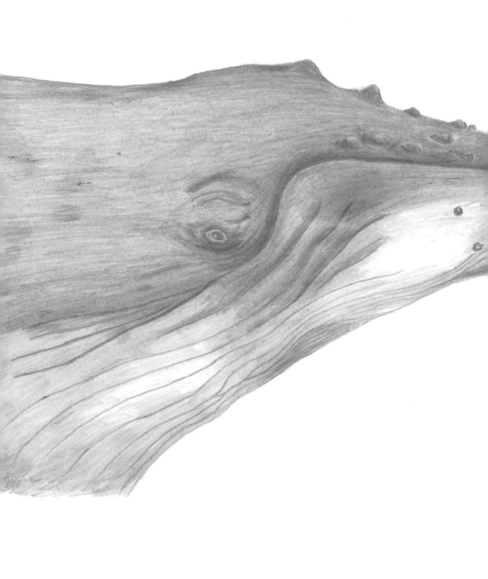

모모의 입가에는 벌집이 모인 꿀벌들처럼 따개비가 몰려 있었다.
마치 해안 지역에 울퉁불퉁하게 솟아 있는 바위들 같았다.

모모는 아무런 표정도 없이 한참을 앞만 바라봤다.
마치 그 자리에 굳어버린 동상처럼
하염없이 한 방향만 보고 있었다.

2

아낙네들이 강가에서 빨래를 하고 있었다.

천쥔陳君은 자신의 낚싯대에는 미끼를 끼우면서 손자 샤오허小和에게는 낚싯바늘조차 주지 않았다. 이유는 간단했다. 샤오허는 아직 낚시를 할 줄 몰랐다. 잘못했다가는 다칠 것이 뻔했다. 설령 어떻게 해서 고기를 잡아 올렸다 해도 낚싯바늘을 잘못 다루었다가는 물고기에게 상처를 낼 게 뻔했다. 샤오허는 어쩔 수 없이 실에 지렁이를 꿰어 낚시를 했다.

낚싯대를 던진 후 샤오허는 물고기가 지렁이만 낚아챈 뒤 물속으로 유유히 사라지는 것을 몇 번이고 보기만 했다. 반면 천쥔은 이미 여러 마리를 낚아 올렸다.

화가 난 샤오허는 낚싯대를 그 자리에 두고 혼자 냇가를 따라 걷기 시작했다. 커다란 용수나무를 지나면서 무심코 위를 올려다보았다가 깜짝 놀라 그 자리에서 펄쩍 뛸 뻔했다. 커다랗고 울창한 나뭇가지에 셀 수 없이 많은 송충이가 기어 다니고 있었기 때문이다. 샤오허는 얼른 발걸음을 옮겨 계속 앞을 향해 걸었다.

계곡물은 맑고 투명했다. 물속에서 헤엄쳐 다니는 물고기가 그대로 보일 정도였다. 냇가 양쪽으로는 보라색과 노란색 꽃들이 만발해 있었고 나비들이 그 위를 날아다녔다. 앞으로 갈수록 계곡은 좁아졌다. 샤오허는 갑자기 호기심이 생겼다. 냇가를 따라 끝까지 가보고 싶다는 생각이 들었다.

그렇게 계속해서 걷다 보니 드디어 계곡의 시작점이 나왔다. 지하수가 빗방울처럼 한 방울씩 떨어져 내려 논두렁 옆에 세워진 흙벽을 조금씩 적셨다. 그러고는 지면까지 흘러내려 작은 웅덩이를 만들었다. 그 웅덩이 물이 천천히 모여 작은 계곡을 만들었다.

샤오허는 흙벽을 타고 올라가 보았다. 그 뒤로 광활한 초원이 펼쳐져 있었다. 초원 위에는 새까만 철로가 놓여 있었다. 철로는 저 먼 지평선까지 이어져 있는 듯했다. 그는 휘파람을 불며 철로를 걷다가 가끔씩 굴러다니는 돌멩이를 발로 차기도 했다.

샤오허는 몇 번이고 철로에 엎드려 귀를 가까이 대고 무슨 소리가 들리는지 들어보았다. 하지만 아무런 소리도 들리지 않았다. 녹슨 쇠 냄새와 지독한 기계기름 냄새만 풍길 뿐이었다.

그는 걷고 또 걸었다. 얼마나 걸었는지 모를 정도로 오랜 시간을 걸었을 때 갑자기 눈앞에 거대하고 괴이한 흑색 물체가 나타났다. 자세히 들여다보니 검은색의 기차 머리 칸이 철로 옆에 뉘어져 있는 것 같았다. 볼록 솟은 굴뚝은 석탄 때문에 새까맣게 그을린 것 같았고 빨간색으로 칠해져 있는 머리 앞쪽은 이제 다 바래버린 듯했다.

샤오허는 무서운 마음에 저만치 떨어져 물체를 바라보았다. 다 망가져 낡아빠진 듯한 기계를 천천히 오랫동안 살펴보다가 용기를 내서 앞으로 다가갔다. 그런데 갑자기 기차라고 생각했던 물체가 송충이처럼 조금씩 움직이더니 철로를 향해 기어 오기 시작했다. 바닥에 붙어 배밀이를 하듯 앞뒤로 조금씩 움직였다. 그러고는 짙은 연기와 신음에 가까운 소리를 내뱉으며 천천히 그를 향해 다가왔다.

겁에 질린 샤오허는 발길을 돌려 걸음아 날 살려라, 도망치기 시작했다. 하지만 괴물은 순식간에 크고 날카로운 소리를 내며 뒤쫓아왔다. 샤오허는 그 자리에서 빨리 도망치고 싶었다. 하지만 어찌 된 일인지 철로가 강력한 자력으로 끌어당기기라도 하는 듯 아무리 도망쳐도 제자리인 것처럼 느껴졌다. 괴물은 순식간에 등 뒤까지 바짝 쫓아왔다.

죽을힘을 다해 달리다 보니 눈앞에 냇가가 나왔다. 마음이 급해져 물속으로 몸을 던졌다. 드디어 도망치는 데 성공했다고 생각하는 순간 괴물이 그를 따라 물속에 뛰어들었다. 괴물의 머리가 물 위로 반만 드러났다. 하지만 괴물은 물에 빠져도 아무런 상관이 없는 듯했다. 오히려 기적처럼 물 위로 뛰어올랐다.

놀란 샤오허는 다시 뭍으로 헤엄쳐 나와 조금 전 지나친 용수나무까지 미친 듯이 뛰었다. 냇가에는 이미 아무도 없었다. 할아버지는 낚시를 마치고 돌아간 모양이었다. 급한 마음에 용수나무 위로 올라가 몸을 피했다. 괴물은 그때까지도 쫓아왔다. 하지만 나무 앞에 다다라서 괴물은 갑자기 힘을 잃었다. 마치 바람이 빠져버린 풍선처럼 갑자기 힘이 빠져서는 시동이 꺼졌다. 그러더니 천천히 몸을 돌려 물속으로 들어갔다. 괴물이 내뿜어낸 연기로 물 위에 뽀글뽀글 거품이 생겼다. 물속으로 들어가는 괴물은 달갑지 않은 모습이었다.

놀란 가슴을 진정시키고 있는데 갑자기 몸 위로 무언가 기어가는 듯 간지러웠다. 고개를 숙여보니 송충이들이 기어 다니고 있었다. 놀란 샤오허는 벌레를 떼어내려 몸부림치다 그만 나무에서 떨어지고 말았다. 그 바람에 나무 위에 있던 송충이들도 함께 바닥으로 우수수 떨어졌다. 몸에 붙은 송충이들을 겨우 다 털어낸 뒤에야 안도의 한숨을 쉬었다. 그리고 지친 몸을 이끌고 냇가를 따라 걸었다. 그런데 갑자기 분수가 터지듯 물이 솟아오르는 소리가 들렸다. 고개를 돌려 소리가 나는 쪽을 보니 조금 전의 괴물이 물 위로 올라와 짙은 연기를 뿜어내며 그를 향해 다가오고 있었다.

3

모모가 강어귀에 나타났을 때는 달빛이 먹구름에 가려 희미한 잔광만 비추고 있었다. 은은한 금색의 달빛이 유유히 헤엄치는 그의 등에 쏟아져 반짝거렸다.

언뜻 보기에 외롭게 떠 있는 하나의 섬과 같았다.

'드디어 다시 돌아왔어!'

모모는 속으로 탄성을 내지르며 강력한 물기둥을 뿜어 올렸다. 마치 지나간 시간 동안 억눌려 있었던 모든 감정과 아픔을 한꺼번에 쏟아내듯 힘 있는 물기둥이었다. 그러고는 강어귀를 향해 힘차게 나아갔다.

모모는 먼저 오른쪽 연안을 바라보았다. 모래사장은 텅 비어 있지만 어쩐지 바이야白牙의 뼛조각들이 그곳에 널브러져 있을 것만 같았다.

모모는 한참을 바라보다가 그곳을 떠났다.

왼쪽 연안으로는 조명이 밝게 비추고 있었다. 그는 불안한 눈으로 그곳을 바라보았다. 보통 조명이 있다는 건 그곳에 항구가 들어서 있고 사람들이 거주하고 있을 가능성이 높다는 걸 의미했다. 다시 말해 강어귀를 지나려면 큰 위험을 감수해야 한다는 뜻이었다. 하지만 길고 긴 여정을 거쳐 이곳까지 온 모모에게 이제 다른 선택의 여지가 없었다. 모모는 자신을 타일렀다. 변해버린 강어귀를 보며 어떻게 하면 밀물이 들어올 때를 잘 이용해 그곳을 문제없이 통과할 수 있을지 머리를 굴리기 시작했다.

왼쪽 연안에서는 수십 척의 선박들이 오가는 소리가 요란하게 들려오고 있었다. 그곳을 지나려면 깊이 잠수해야만 한다고 생각했다. 곧장 깊은숨을 들이쉰 뒤 머리부터 고꾸라져 바닷속으로 들어갔다. 양쪽으로 갈라진 꼬리지느러미가 흡사 앨버트로스의 날개처럼 활짝 펴진 채로 공중에 높이 날아올랐다. 높이 뜬 지느러미로 수면을 내리치자 거대한 마찰음이 일었다. 모모는 몸통을 직각에 가깝게 세워 바닷속으로 부드럽게 미끄러져 들어갔다.

그 모습은 마치 연료가 바닥나 추락하는 비행기와 같았다. 추락하던 비행기는 얼마 지나지 않아 해저에 안전하게 착륙했다. 그러자 바닷속에 깔려 있던 모래가 어지럽게 일어났다. 모모는 미동도 하지 않고 모래 더미가 가라앉길 기다렸다. 물이 맑아지자 따개비들 때문에 여기저기 흰색의 반점과 상처로 뒤덮인 거대한 몸통이 드러났다. 수백 년 전에 가라앉은 커다란 배 한 척이 수 세기 동안 그 자리에 머물러 있었던 것 같았다.

거품 한 방울이 숨구멍을 타고 올라와 두둥실 물 위로 떠올랐다.

아마 그때 바이야는 이미 체력이 바닥난 상태였을 것이다. 많이 늙은 데다 분명 너무 지쳐 있었을 것이다. 그래서 잠시 강어귀에 몸을 누이고 쉬는 중에 그런 일이 일어났을 것이다. 그렇지 않고서야 바이야의 성격상 중간에 회유*를 쉽게 포기했을 리가 없다.

'어떻게 저길 지나간담.'

조명의 밝기나 들려오는 각종 배의 엔진 소리를 듣자 하니 분명 왼쪽 연안에는 적지 않은 수의 배가 돌아다니고 있을 것이다. 강어귀에 가까워질수록 더욱 잠수 상태를 유지해야 한다. 혹시나 숨을 쉬려 물밖으로 나갔다가는 절대 저곳을 통과할 수 없을 것이다.

하지만 강어귀는 상당히 넓었다. 과연 얼마나 잠수 상태를 유지하

---

* 물고기류가 일생 또는 일정한 주기를 가지고 계절의 변화에 따라서 바다와 하천을 헤엄쳐 이동하는 일.

'드디어 다시 돌아왔어!'
모모가 마음속으로 외쳤다. 그때 왼쪽 하구에서 배의
모터 소리가 들려왔다. 가까이 다가오지 말라는 경고음처럼 들렸다.
모모는 깊게 숨을 들이마신 뒤 머리부터 잠수했다.
양쪽으로 갈라진 꼬리지느러미는 거대한 앨버트로스의 날개 같았다.
모모가 꼬리를 높이 쳐든 뒤 수면을 내리쳤다.
거대한 소리가 일어났다.

다가 물 밖으로 나가야 하는 걸까? 체력이 받쳐주고 투지도 강했던 젊은 시절이라면 가능했을지도 모른다.

과거 바이야와 함께하던 시절에는 배에서 나는 소리 따위는 들리지 않았다. 연안에는 희미한 등불만 드문드문 비칠 뿐이었다. 둘은 거대한 뗏목처럼 둥둥 떠서 아무런 걱정이나 장애물 없이 강어귀를 지났었다.

숨구멍에서 또 한 번 거품 줄기가 올라왔다. 뭔가 큰 결심이라도 한 듯 물 위로 거품이 방울방울 떠올랐다.

곧이어 큰 소리를 내며 물 위로 모습을 드러냈다가 강어귀를 향해 힘차게 헤엄치기 시작했다. 오른쪽 연안에서 비춰오는 등불을 뒤로 하고 천천히 물속으로 들어가 강어귀를 향해 헤엄쳤다. 이번에는 해저에 가까이 다가가지 않고 적당히 안정적인 깊이만 유지했다.

모모는 긴장을 풀고 작은 열대어들처럼 가슴지느러미와 꼬리지느러미를 가만히 둔 채 조류 속에 편입했다. 조용히 조수의 흐름에 맡긴 몸이 천천히 강어귀를 향해 흘러내려 갔다.

모모는 그곳을 통과하려면 자신의 폐활량만으로는 어림없다는 사실을 알고 있었다. 그래서 밀물의 흐름에 몸을 맡기기로 했다. 영리한 그는 가슴지느러미를 양쪽으로 활짝 펴서 좌우로 몸이 흔들리도록 놔두어 저항을 최소화했다.

과연 그 선택은 탁월했다. 이 자세를 계속 유지한다면 힘도 덜 빼면서 강어귀를 통과하는 시간도 줄일 수 있을 듯했다. 물론 오랜 시간 꼬리와 가슴지느러미를 흔들지 않은 탓에 어쩐지 몸이 굳어버린 것 같은 불편한 느낌이 들었다. 하지만 모모는 여전히 살아 있는 자신의 민감한 판단력에 자부심과 뿌듯함을 느꼈다.

등 위쪽으로는 몇 척의 배가 쉼 없이 지나다니는 듯 계속해서 커다란 엔진 소리가 났다. 예전에는 이런 기괴한 소리가 들려오면 무조건 신경을 곤두세우고 긴장을 늦추지 못했었다. 하지만 이번에는 일종의 승리감까지 느끼며 그 소리를 완전히 무시했다.

지금 모모는 마치 자유롭게 하늘 위를 떠다니는 한 점의 구름 같았다. 아마 이런 쾌감을 느낄 수 있는 고래는 얼마 되지 않을 것이다. 그래서 여유롭게 눈을 감고 그 느낌을 마음껏 누리기로 했다.

항해는 계속되었다. 이미 20분이 지났다. 보통 혹등고래들은 15분마다 물 위로 올라와 숨을 쉬고 다시 바다로 들어가야 하지만, 그는 지금까지 아무런 불편함을 느끼지 못했다. 파도 역시 급격히 높아지거나 변하지 않았다. 수심도 점점 얕아졌다. 바닷물에는 육지에서 흘러 들어온 불순물이 많이 섞여 있었다. 하지만 변해버린 자연환경도 지금 그에겐 전혀 문제될 것이 없었다.

이제 모모의 눈앞에는 중대한 일 하나만 남아 있었다. 하천으로 들어간 다음 늪지와 같은 폐쇄적인 공간으로 들어가는 일이었다. 지금은 그 외에는 그의 흥미를 끌 수 있는 일이 없었다.

하천, 늪지, 폐쇄적. 그렇다. 깨끗하고 완전히 폐쇄된 공간! 그곳에서 복잡하고 무거운 해양 생활의 짐을 내려놓을 수 있을 것이다.

모모는 이번 회유의 여정을 통해 삶의 부담을 많이 덜어낸 것 같았다. 이제는 강이 무서운 곳이 아니었다. 그는 이 과정을 통해 자신이 얼마나 성장했는지 알 수 있었다. 이번에는 크게 힘쓰지 않고 아무런 장애물 없이 마음속에서 늘 바라왔던 꿈을 이룰 수 있을 것 같았다.

매우 평온하고 만족스러웠다.

그때 갑자기 등 위로 딱딱하고 육중한 물체가 둔탁한 소리를 내며 떨어지더니 몸통을 칭칭 감았다. 그 바람에 그만 균형을 잃고 말았다. 갑작스러운 부딪힘에 너무 놀란 나머지 그만 비명을 지를 뻔했다. 재빨리 가슴지느러미와 꼬리를 흔들고 허리를 비틀어가며 장애물을 벗어나려 애썼다. 대체 어떻게 된 일인지 옆을 살펴보니 바닷물 속에 떠 있던 쇠사슬에 몸통이 감겨 있었다. 안도의 한숨을 길게 내쉬고 가볍게 장애물을 벗어났다. 하지만 애초에 세웠던 계획이 틀어졌다. 장애물을 벗어나느라 힘을 뺀 탓에 어쩔 수 없이 위험을 감수하고 물 밖에 모습을 드러내야 하는 상황이 온 것이다.

먼저 물 위로 올라가 재빨리 깊은숨을 들이쉰 다음 주변을 살폈다. 머리만 살짝 물 밖으로 내놓고 몸을 거의 수직에 가깝도록 세웠다.

사방은 짙은 안개로 둘러싸여 있었다. 새하얀 안개가 물 위에 내려앉아 주변 상황을 자세히 살피기 어려웠다. 그때 모모는 갑자기 뭔가 이상하다는 생각이 들어 재빨리 물속으로 몸을 숨겼다. 그러자 바로 옆에서 배가 움직이는 소리가 들려왔다. 배 한 척이 그를 향해 달려오는 중이었다. 빨리 물속으로 몸을 숨긴다고 해도 시간이 부족할 것 같았다. 다행히 그나마 순간적으로 몸을 피해 맞은편에서 달려오는 뱃머리에 정면으로 부딪히는 걸 피할 수 있었다. 하지만 꼬리지느러미가 선체에 부딪혀 배가 양옆으로 심하게 흔들렸다. 눈앞에 별이 번쩍거리고 바닷물과 하늘이 한데 뒤섞여 흔들렸다. 모모는 본능적으로 깊이 잠수해 해저 가까이 내려갔다. 해저로 내려간 뒤에는 숨도 쉬지 않고 죽은 듯 상황이 잠잠해지길 기다렸다.

엔진 소리가 멈췄다. 모모는 자신의 머리 위에 배가 멈춰 있음을 알 수 있었다. 배 위의 탐조등이 물속을 훑어보듯 이리저리 비추고 있었다. 모모는 자신이 마치 뒤집어진 거북이와 같다고 생각했다. 오랜 시간 머리를 내밀지 못했기 때문이다. 게다가 지느러미가 선체와 충돌한 탓에 꼬리가 잘려 도망가는 도마뱀처럼 모든 용기가 온데간 데없이 사라졌다. 지난번에도 꼬리에 쥐가 나는 바람에 하마터면 늪 지에서 목숨을 잃을 뻔했었다.

　다행히 배는 얼마 후 그 자리를 떠났다. 서너 개의 물방울이 숨구 멍에서 방울방울 떠올랐다. 모모에게 또 다른 생각이 떠올랐다.

4

샤오허가 잠에서 깼을 때 모닥불은 아직도 활활 타오르고 있었다. 손목에 찬 시계를 보았다. 아직 새벽이었다. 재킷을 걸치고 텐트 밖으로 나갔다.

천쿤은 불 앞에 앉아 있었다. 밤새 잠을 청하지 않은 듯했다. 옆모습은 마치 등을 구부리고 한밤중에 늪지를 지키는 해오라기 같았다.

샤오허가 할아버지 천쿤 맞은편에 앉았다.

"홍차 좀 마시렴. 뜨거우니까 조심하고."

천쿤이 불 위에 매달려 있는 주전자를 가리키며 말했다. 그는 작은 칼로 벽돌만 한 나무를 조각하는 중이었다.

"또 홍차야!"

홍차라는 말만 들으면 샤오허는 자연스레 인상을 찌푸렸다. 잠에서 덜 깬 그가 비몽사몽 중에 가방에서 컵을 꺼냈다. 주전자를 들어 차를 따르다가 흘리는 바람에 하마터면 손을 델 뻔했다. 그제야 뜨겁다며 주의를 주신 할아버지의 말이 떠올랐다. 홍차를 한 모금 마시자 조금 정신이 돌아왔다.

깜깜한 밤하늘에 수많은 별이 새하얗게 수놓여 있었다. 샤오허는 어제 해 질 녘이 다 되어서야 천쿼와 함께 도시에서 그리 멀지 않은 이 늪지에 도착했다.

텐트 주위에는 닥나무와 오동나무, 무궁화나무와 용수나무, 대나무 등의 나무들로 무성했다.

샤오허는 눈앞의 나무들이 그림에서 본 것보다 훨씬 더 높고 크다고 생각했다. 심지어 신비하게 느껴지기까지 했다. 샤오허는 모닥불 불빛에 비친 거대한 나무 그림자를 보며 분명 어딘가에서 누군가 자신을 감시하고 있을 것 같다는 생각을 했다.

"방금 이상한 비명 소리 나지 않았어?"

"밤이 되면 원래 여긴 시끄럽단다."

천쿼은 여전히 조각 중인 나무에 집중했다. 쥐 모양이 점점 완성되고 있었다.

"기차 지나갈 때 나는 소리랑 비슷한 소리가 들렸어."

"응. 그럴 수도 있겠다. 겨울이면 늪지에 동물들이 많이 튀어나오니까 이상한 소리가 많이 나겠지."

천췬이 나무 쥐를 바닥에 놓고 이리저리 살피다가 다시 집어 들었다.

"우리 언제 집에 가?"

샤오허는 어깨를 한껏 움츠리고 자신의 양팔을 쓰다듬었지만, 추위는 가시지 않았다.

"모레 간다고 했잖아."

천췬이 그를 타일렀다.

"방금 그 소리 정말 컸어."

샤오허가 무료하다는 듯 숲을 쳐다보며 말했다.

"숲에 있는 부엉이 소리일지도 몰라."

"아니에요. 똑똑히 들었어. 저기 강변에서 들려오는 소리였단 말이야."

샤오허가 손가락을 내밀어 오른쪽을 가리키며 말했다. 조금 전 그 비명을 듣고 잠에서 깨어난 것이었다.

천췬이 고개를 들어 샤오허를 쳐다보고는 웃었다. 그러고는 다시 작업에 몰두했다.

"강은 왼쪽이란다. 여기서 100미터는 떨어져 있지."

샤오허는 기분이 상했지만 그래도 자신이 잘못 들은 게 아닐 거라고 생각했다.

잠시 후 샤오허가 또 다른 문제를 제기했다.

"방금 깼을 때 개구리 우는 소리도 들렸어."

"지금은 개구리가 활동하는 계절이 아니야."

천쿼이 모닥불을 이리저리 헤집자 다시 거센 불길이 일었다.

몇 달 전 샤오허는 집에서 할아버지 책상 위에 나무 벽돌이 놓여 있는 걸 보았다. 평소 같으면 책상 위에는 연구와 관련된 보고서 외에 다른 물건은 놓여 있지 않았을 것이다. 이상하다고 여긴 샤오허가 할아버지 천쿼이에게 나무 벽돌의 정체를 물었다. 그러자 천쿼은 자기가 지금 외국의 낚시법을 공부하는 중인데 며칠 뒤에 강가에 가서 그걸 사용해볼 계획이라고 말했다.

샤오허는 문득 그날의 일이 생각났다. 하지만 이내 흥미가 떨어졌다. 그는 자신이 할 일은 없는지 생각했다. 재킷 주머니에 들어 있는 하모니카가 떠올랐다. 아버지가 얼마 전에 새로 사 주신 선물이었다. 샤오허가 하모니카를 꺼내 불어보았다. 하모니카 소리가 나자 그제야 천쿼이 고개를 들어 그를 쳐다보고 말을 건넸다.

"또 불면 잠자고 있던 동물들이 모두 깨어날 거다."

천췬이 부드럽고 다정하게 얘기했다. 비난하거나 꾸짖는 말투는 아니었다. 샤오허는 달갑지 않다는 표정으로 하모니카를 다시 주머니에 집어넣었다.

야외로 현장 실습을 나오거나 조사를 나올 때 학생들이 기타와 같은 악기를 들고 나오면 천췬은 그들을 꾸짖었다. 그는 음악을 듣고 싶으면 집에서 조용히 레코드판을 틀어놓고 감상해야 진정한 맛을 느낄 수 있다고 생각했다. 밖에 기타를 들고 나와 노래를 부르는 건 터무니없는 허세라고 여겼던 것이다.

천췬은 야외에서는 모든 것이 대자연의 규칙대로 돌아가야 한다고 생각했다. 그래서 밖에서의 그의 생활은 간단하고 단조로웠다. 모든 것에 규칙이 있었고 그 규칙을 지키며 생활했다. 수십 년 동안 야외 생활을 하면서 그에게는 독특한 습관이 생겼다. 예를 들면 이런 것이었다. 밖에서 누릴 수 있는 가장 큰 호사는 따뜻한 홍차를 마시는 것이었다. 밥을 할 수 없는 상황이면 군용 식량이나 초콜릿으로 끼니를 대신했다. 해가 지면 무조건 잠자리에 들었다.

하지만 오늘은 좀 달랐다. 천췬은 자리에 누운 지 얼마 지나지 않아 다시 몸을 일으켰다. 이번 대결은 상대가 먼저 제안한 시합이었다. 그 전까지는 항상 그가 먼저 제안을 했었다. 제안을 받아들이고 나서부터 그는 계속 마음이 불편했다. 이번 낚시 대결은 상대가 십 년이 넘도록 철저한 준비를 마치고 제안한 것이었기 때문이다.

샤오허는 홍차를 한 잔 더 따른 뒤 옆쪽에 잔을 내려놓고 멍하니 앉아 있었다. 그때 주머니 속에 있던 초콜릿이 생각나 꺼내 먹었다.

초콜릿을 꺼내 먹는 샤오허를 힐끔 쳐다본 천췬은 갑자기 허기가 졌다. 샤오허의 손에 들린 초콜릿은 포장까지 그럴듯해 먹음직스러워 보였다. 하지만 그는 이내 마른기침 몇 번으로 자신을 타일렀다. 지금은 단 음식을 자제해야 한다.

기침 소리를 들은 샤오허가 고개를 돌려 천췬을 쳐다보았다.

오랫동안 쥐 모양을 조각하던 천췬이 그것을 코끝으로 가져가 냄새를 맡았다.

"다 됐다."

천췬이 자리에서 일어나면서 헉, 소리를 냈다. 하마터면 허리가 꺾일 뻔했지만, 가까스로 버티고 서 있었다. 오랜 시간 같은 자세로 앉아 있었더니 다리에 쥐가 난 것이다. 잠시 후 그가 손목시계를 보더니 혼잣말로 중얼거렸다.

"시간이 됐군!"

혹등고래 모모의 여행

"이제 우리 섬으로 가는 거야?"

"응. 챙길 거 다 챙겨서 가자꾸나. 이번에는 물고기를 잡을지도 모르니 말이다."

배를 타고 섬으로 들어가는 게 여기 있는 것보다 훨씬 재미있을 것이다. 사실 샤오허가 할아버지를 따라온 목적도 거기 있었다. 샤오허는 흥분을 감추지 못하고 재빨리 텐트로 들어가 모자를 찾아 머리에 썼다. 새로 산 축구화를 신고 싶었지만, 생각을 바꾸었다. 물고기를 잡을지도 모른다는 할아버지의 말을 떠올리며 긴 장화로 갈아 신었다. 마지막으로 작은 배낭을 메고 텐트 밖으로 나갔다. 그는 모든 것이 준비되었다는 얼굴로 할아버지 앞에 서서 출발 신호를 기다렸다.

천쿼이 손전등으로 머리부터 발끝까지 그를 위아래로 훑더니 고개를 저으며 웃음을 지었다. 지금 당장 출발한다는 뜻이 아니었기 때문이다.

샤오허가 민망한 듯 머리를 긁적거렸다. 잠시 후 그는 뭔가 생각났다는 듯 다시 텐트로 달려갔다. 그러고는 헤드램프를 찾아 모자 위에 둘러썼다.

천쿼이 물을 부어 타오르는 모닥불을 껐다.

5

한밤중 홀로 외톨이가 되어 바다 위를 날아다니던 갈매기 한 마리
가 거품 그물을 발견했다.

그 주위를 빙빙 맴돌던 갈매기는 결국 유혹을 뿌리치지 못하고 위
험을 무릅쓴 채 수면으로 내려갔다. 갈매기는 반짝반짝 빛나는 눈으
로 발밑을 쳐다보았다. 밀물이 몰려올 때 거품 그물에 낚인 수중 생
물을 잡아먹을 생각으로 잔뜩 기대에 부풀었다. 그런데 갑자기 거대
한 검은 그림자가 나타났다. 처음에는 하늘에 먹구름이 꼈다고 생각
했다. 하지만 조금 뒤 뭔가 이상하다고 생각한 순간 귀를 찢을 듯한
커다란 소리와 함께 새하얀 물보라가 사방에서 일어났다.

당황한 갈매기는 공중으로 날아오르지도 못한 채 그 자리에서 버
둥거리며 소리를 질러댔다. 평온하던 수면에 갑자기 거대한 흑색의

물체가 물을 뚝뚝 흘리며 솟아올랐다. 먹을 것을 잔뜩 가져다주리라 기대했던 거품 그물의 실체가 드러난 것이었다. 갈매기는 계속해서 소리를 질렀다. 조금 전보다 훨씬 날카롭고 높은 비명이었다.

모모는 조심스럽게 양쪽 연안을 관찰했다. 주변 상황도 살필 겸 물 위로 뛰어오르며 물기둥을 내뿜었다. 예전에는 바다 위로 뛰어오를 때마다 하늘에서 날개를 파닥거리고 있는 갈매기들을 많이 보았다. 장난기 가득했던 그때는 갈매기들을 놀려주려고 일부러 거품 그물을 만들기도 했었다. 지느러미를 힘껏 내리치면서 공중으로 날아오르면 먹잇감을 찾아 몰려든 갈매기 떼를 놀라게 할 수 있었다. 모모는 예전 생각이 떠올라 이번에도 장난을 쳐볼까 하다가 마음을 접었다. 시간이나 장소를 고려했을 때 지금은 그런 장난이 어울리지 않는 것 같았기 때문이다.

모모는 다시 상류를 향해 유유히 헤엄치기 시작했다.

홀로 하늘을 날던 갈매기는 그의 숨구멍 옆에 내려앉았다. 그러고는 등에 붙은 따개비와 기생물을 신나게 뜯어 먹기 시작했다. 모모는 이 갈매기가 이전 갈매기들에 비해 운이 좋다고 생각했다. 갈매기들도 참 대단했다. 여기까지 올라와서도 만날 수 있으니 말이다. 한편으로 매우 기뻤다. 오랜 친구를 만난 것 같은 느낌이 들었기 때문이다.

한밤중 무리에서 떨어진 갈매기 한 마리가 강어귀에서
움직임이 심상치 않은 거품 그물을 발견했다.
주위를 빙빙 맴돌던 갈매기는 유혹을 뿌리치지 못하고
위험을 무릅쓴 채 수면으로 내려갔다.
거품 그물에 낚인 수중 생물을 잡아먹을 생각으로 잔뜩 기대에 부풀었다.

그때였다.
천둥처럼 큰 소리와 함께
흰색의 거품과 물보라가 사방에서 솟아올랐다.

조용했던 물 위로
온몸이 흠뻑 젖은 검은색의 거대한 괴물이
갑자기 모습을 드러냈다.

당황한 갈매기는
불안한 날갯짓을 하며
공중에서 날카롭게 울어댔다.

"혹시 내 동족은 못 봤니?"

"배불리 먹은 다음에는 어디로 갈 거야?"

"나와 동행하지 않을래?"

모모가 속사포처럼 연이어 질문을 던졌지만 배고픔으로 정신을 잃기 직전이었던 갈매기는 눈앞의 먹이를 먹어치우느라 대답할 정신이 없었다.

왼쪽 연안은 울창한 녹색 산림으로 뒤덮여 있었다.

기억이 잘못된 건지 아니면 시력이 나빠진 건지 알 수 없었다. 올해의 산림은 왠지 지난 해들보다 훨씬 더 울창하고 색이 짙어진 것 같았다. 온통 녹색으로 뒤덮여 있었기 때문이다. 북쪽 해안에서는 볼 수 없었던 식물들이었다. 반대로 남방 연해를 여행할 때면 비슷한 종류의 나무를 자주 보고는 했다. 물 위에는 녹색의 과실들이 이리저리 흩어져 두둥실 떠다니고 있었다. 왠지 열대 지역의 냄새가 왼쪽 연안에서 조금씩 흘러나오는 것 같았다.

낯선 냄새에 더해 물 표면에서 짙은 기계기름 냄새가 났다. 염도 또한 점차 옅어졌다. 모모는 이 상황이 생소했다. 조금씩 오른쪽 연안을 향해 헤엄쳤다. 오른쪽 연안에 우뚝 서 있는 산은 그리 높지 않았다. 고독이 느껴지면서도 눈에 띄는 풍경이었다. 연안 내륙을 마주

보며 높게 솟아 있는 산봉우리는 멀리서도 한눈에 들어왔다. 모모와 같은 혹등고래들은 연해 지역을 따라 남쪽에서 북쪽으로 이동하는 것을 좋아했다. 멀리서 볼 수 있는 산봉우리는 이동의 방향을 식별하는 중요한 지표가 되고는 했다.

고래처럼 견고한 등을 가진 산이여,
그대는 우리의 좋은 친구라

바이야가 마지막으로 불렀던 노래의 한 구절이었다.
'산 밑에 한번 누워볼 수 있다면 얼마나 행복할까!'
모모는 마음속으로 그렇게 생각했다. 예전 같았으면 절대 하지 않았을 생각이었다. 그때는 바로 옆에 산이 있어도 아무런 느낌이 없었다.
곧이어 산 밑자락에 자신보다 더 큰 사각형의 회색 물체가 서 있는 것을 발견했다. 위쪽에는 검은색으로 칠해진 네다섯 개의 큰 관이 있었고 짙은 연기를 뿜어내고 있었다. 연기는 서쪽 하늘을 온통 잿빛으로 물들였다. 마치 비가 내리기 전 하늘에 먹구름이 잔뜩 낀 것 같은 모습이었다. 회색 물체에서는 큰 선박이 지나갈 때 나는 터

빈 소리와 비슷한 소리가 들려왔다. 회색 물체는 마치 동굴 속에 숨어 집게발을 치켜들고 먹잇감이 들어오길 기다리는 한 마리의 거대한 가재 같았다.

모모의 등 위에 내려앉았던 갈매기는 완전히 그와 하나가 되었다. 갈매기는 여전히 그의 등 여기저기를 돌아다니며 식사를 하는 중이었다. 모모가 그 자리에서 이미 오랜 시간 멈춰 있었다는 사실조차 모르는 듯했다.

'정말 이상하게 생긴 생명체네. 옆에 있는 산과 하나도 안 어울려.'

모모는 회색 물체가 외부 세계의 잔인한 침략으로 생긴 것임을 직감적으로 깨달았다. 마치 배를 본 것처럼 가까이 다가갈 수 없었다.

그는 다시 꼬리지느러미를 흔들었다. 멀지만 길을 돌아가기로 한 것이다. 이어서 가슴지느러미를 높이 펼쳐 들었다. 갈매기는 그가 자세를 바꾸려 한다는 걸 예감한 모양이었다. 사실 지금껏 넘치도록 먹어서 이미 배가 잔뜩 부풀어 오른 상태였다. 모모가 천천히 물속으로 들어가기 시작했다. 그가 입수하기 직전 갈매기는 온 힘을 다해 상공으로 날아올랐다.

모모는 동족들과 같은 유영 자세를 유지했다. 아무런 소리를 내지 않고 잠수한 상태로 꼬리와 허리만 조금씩 흔들었다. 그는 매우 신중했다. 가슴지느러미는 함부로 움직이지 않았다. 대부분의 시간 동안 천천히 앞으로만 나아갔다. 마치 우주에서 떠다니는 고요한 소행성처럼 고정된 궤도를 따라 소리 없이 조용히 움직였다. 이따금 등지느러미만이 물 밖으로 조금씩 드러날 뿐이었다.

배불리 먹은 갈매기는 이미 어디론가 사라지고 없었다. 모모만 칠흑 같은 어둠 속에서 쓸쓸히 강어귀를 향해 헤엄치고 있었다.

다른 고래들은 분명 북방 지역에 도착했을 것이다. 이미 그곳에서 바쁘게 크릴새우 사냥을 하고 있을 것이다. 그런 뒤 자신들만의 영역을 만들어놓고 짝짓기와 물놀이를 할 것이다.

하지만 모모는 조금도 후회하지 않았다. 달이 조금씩 구름 사이로 모습을 드러냈다. 따개비가 떨어져 나가면서 상처투성이가 된 등 위로 달빛이 쏟아졌다. 무성한 나무들과 회색의 물체는 꼬리 밑으로 멀어졌다. 연안 쪽에서 환히 빛나던 조명도 사라졌다.

모모는 참지 못하고 또다시 물 위로 올라왔다. 주변 상황을 살핀 뒤 안심하고 다시 유유히 헤엄쳤다. 가슴지느러미도 활짝 펼쳐 가볍게 수면을 두드렸다. 강물에 섞인 이상한 냄새에는 이미 적응이 되었다. 모모는 조그마한 물기둥을 뿜어 올렸다. 강물을 받아들이고 있다는 표시였다.

모모는 천천히 헤엄치며
가슴지느러미를 높이 처든 후 가볍게 물을 두드렸다.
강으로 들어오고 나니
강물의 이상한 냄새에도 조금씩 적응이 됐다.
상류로 갈수록 물은 따뜻했다.
그는 바다의 열대 해역이 자꾸만 떠올랐다.
어린 시절을 보냈던 푸른 바다가 머릿속에 맴돌았다.

모모는 처음부터 느긋한 마음으로 우아하게 이 일을 해내기로 결심했었다. 상류로 올라갈수록 물은 점점 더 따뜻해졌다. 오랜만에 느껴보는 온도였다. 그는 열대 해역을 떠올렸다. 어린 시절을 보냈던 푸른색의 바다가 떠올랐다.

6

따뜻한 열대 해역은 겨울철 혹등고래들의 번식의 장이었다. 모모와 같은 혹등고래의 새끼들이 모두 거기서 태어났다. 모모는 어린 시절을 떠올리고 신나게 가슴지느러미를 흔들며 힘차게 수면을 두드렸다.

세상에 태어나 첫 숨을 들이마신 그 순간부터 모모는 엄마 미더米德와 함께였다. 엄마와 함께 보낸 어린 시절은 죽을 때까지 잊지 못할 것이다. 그 시절은 가장 행복하고 즐거운 시절이었다. 다른 새끼 고래들처럼 모모 역시 장난스럽게 엄마의 머리 위로 올라가 자신의 배가 하늘을 볼 수 있게 몸을 돌려달라고 졸라대고는 했었다. 그러면 미더는 두 지느러미를 높이 펼쳐 들어 그의 몸을 돌려주었고 그는 온종일 히히, 하하, 웃어대며 신나게 헤엄치며 놀았다. 놀다가 지치면 미더의 등 위를 타고 올라가 함께 이곳저곳을 다녔었다.

하지만 모모는 빨리 성장했다. 거의 매일 자라는 것 같았다. 처음 미더를 따라 먹잇감을 구하는 북쪽 해역에 갔을 때 모모의 키는 이미 미더의 절반에 가까웠다. 시간이 갈수록 살도 더 올랐다. 동갑내기 새끼 고래들보다 훨씬 건장했다.

눈이 녹기 시작할 때 모모와 미더는 북극 해역에 도착했다. 황량하고 넓은 만이었다. 사방에는 물 위를 둥둥 떠다니는 빙산이 있었다. 빙산의 만이라고도 불리는 그곳은 혹등고래들이 먹잇감을 구하는 주요 해역이었다.

그런데 그곳에 도착한 후에도 미더는 다른 고래들과 함께 새우 사냥을 하지 않았다. 그녀는 모모를 데리고 계속해서 헤엄쳤다.

"여기가 어디예요?"

모모가 먼 곳을 바라보며 물었다. 주황빛을 띠며 생기를 잃은 땅에 잔설이 덮여 있었다. 거센 물줄기가 갈라진 땅 사이에서 흘러나오고 있었다.

"강의 시작점이야. 우리는 지금 강어귀에 있는 거란다."

"강어귀요?"

"응. 바다의 종점이기도 하지."

혹등고래 모모의 여행

그건 모모가 처음으로 보았던 강이었다.

강어귀에는 상류에서 눈과 얼음이 녹으면서 함께 흘러내려 온 먹이들로 풍부했다. 그곳에서는 여기저기를 돌아다니며 새우를 사냥할 필요가 없었다.

"여기서 사는 것도 좋을 것 같아요!"

"여긴 늙은 고래들의 사냥터야. 어린 고래들은 더 깊은 바다로 가야 한단다. 그러지 않으면 비웃음거리가 될 거야."

"강에 들어가면 되잖아요."

"거긴 고래의 세상이 아니야."

엄마 미더는 그가 상류로 올라가는 것을 막았다. 엄마가 들려준 말에 따르면 상류로 올라갔던 고래들은 돌아오지 않았다고 했다. 모모는 훗날 바이야와 여행을 하기 전까지 그 말이 무슨 말인지 잘 몰랐다. 그 사건을 겪고 나서야 비로소 엄마가 한 말의 의미를 이해할 수 있었다.

7

어류 조사를 위해 천췬은 늪지를 자주 찾았다. 수풀이 우거져 앞
이 잘 보이지 않는 샛길에서도 그는 손전등 하나 비추지 않고 평지를
걸어가듯 안정적이었다. 그는 수시로 고개를 돌려 샤오허가 잘 따라
오고 있는지 확인했다. 샤오허는 천췬 뒤에 바짝 붙어 따라가고 있었
다. 하지만 두세 걸음 옮길 때마다 구덩이를 밟아 자꾸만 비틀댔다.
어둠 속에서 샤오허의 머리 위에 달린 헤드램프가 반딧불이처럼 위
아래로 흔들거리며 춤을 췄다.

처음부터 섬에 텐트를 치지 않은 것은 그곳 지면에 습기가 너무 많
기 때문이었다. 그래서 천췬은 작물이 심겨 있지 않은 밭에 텐트를
쳤다. 배는 야영지에서 그리 멀지 않은 곳에 정박해두었다. 대나무
숲 하나만 돌아가면 금방 도착할 수 있었다. 그런데도 그는 샤오허를

데리고 다른 길로 삥 돌아가고 있었다.

멀지 않은 덤불에서 불빛이 새어 나왔다. 가까이 다가가니 불빛 주변에 거대한 검은색의 그림자가 드리워졌다. 알고 보니 불빛은 숲속에 위장 색으로 도색해놓은 컨테이너에서 새어 나온 것이었다.

"여기는 왜?"

샤오허가 실망한 목소리로 물었다.

"내 오랜 친구가 여기 산단다."

"우리 섬에는 안 가?"

"아니. 갈 거야."

천췬은 오늘 저녁에 있을 대결을 생각하면서 자꾸만 주머니 속에 손을 넣어 쥐 모양으로 깎은 나무 인형이 잘 있는지 확인했다.

천췬과 샤오허가 컨테이너 문 앞에 도착했다. 샤오허가 새어 나온 불빛 사이로 안을 들여다보니 나이 지긋한 할아버지가 젊은 사람들에게 뭔가를 열심히 가르치고 있었다. 그중에 한 명은 새장에서 주둥이가 긴 새 한 마리를 꺼내 발목에 발찌를 채웠다. 다른 한 사람은 자를 꺼내 새의 날개 크기를 재고 있었다.

샤오허가 컨테이너 안쪽으로 고개를 들이밀어 상황을 살폈다. 안에는 한쪽 다리를 절름거리는 검은 고양이 한 마리가 나른한 표정으로 한쪽 구석에 쌓여 있는 책 더미 위에 누워 있었다.

"예쌍桀桑, 오늘은 좀 어떤가?"

천쿼이 문 앞에서 친구라는 사람에게 인사를 건넸다.

예쌍이라고 불리는 할아버지는 매우 바쁜 것 같았다. 그는 고개도 들지 않고 손만 까닥하며 인사를 대신했다.

"할아버지, 새들이 굴렁쇠 같은 걸 차고 있어. 불편하지 않을까?"

샤오허가 물었다.

"저건 쇠로 만든 게 아니야."

천쿼이 대답했다.

예쌍은 그제야 샤오허의 존재를 알아챈 듯했다. 그는 가스 랜턴을 들어 올리고 돋보기를 고쳐 썼다. 그러고는 수염으로 덮인 얼굴을 들어 샤오허를 자세히 쳐다보았다. 샤오허는 무서운 마음에 뒷걸음 쳤다.

예쌍은 언뜻 보기에도 천쿼보다 훨씬 젊어 보였다. 특히 반짝거리며 빛나는 눈동자만큼은 밤을 지키는 부엉이와 꼭 닮은 것 같았다. 반면 천쿼의 눈동자는 항상 방금 잠에서 깨어난 듯 흐릿하고 힘이 없었다.

"저건 납으로 특별히 제작한 발찌란다. 날아다니는 데 전혀 문제

없어."

예쌍이 샤오허에게 말했다.

"할아버지가 새도 아닌데 그걸 어떻게 알아요?"

"샤오허, 그냥 조용히 있거라."

천쥔이 그의 머리를 쓰다듬으며 타일렀다.

기분이 상한 샤오허가 한 발짝 뒤로 물러났다.

"여기는 처음 와보지?"

예쌍이 물었다.

"응. 계속 집에 가자고 난리야."

천쥔이 옆에서 쓴웃음을 지으며 말했다.

샤오허는 고개를 숙인 채 아무런 말도 하지 않았다. 할아버지에게
화가 나 있었다.

"손자?"

"응."

"부럽네. 아들에, 손자까지!"

예쌍이 부럽다는 말투로 말했다.

"소용없어. 그래봤자 결국 혼자야."

천쥔이 웃으며 대답했다.

이번에는 예쌍이 샤오허의 머리를 쓰다듬었다.

샤오허는 피하고 싶었지만 참았다.

"얘야, 이리 와보거라. 할아버지가 선물 하나 주마."

예쌍이 샤오허의 모자를 벗기더니 주머니에서 배지 하나를 꺼내 달아주었다. 샤오허가 곁눈질로 힐끔 쳐다보니 배지에는 모기처럼 작은 글씨로 '늪지는 대지의 어머니'라고 쓰여 있었다. 샤오허는 배지 디자인이 너무 촌스럽다고 생각했다. 이 배지를 100개나 합친다고 해도 집에 수집해놓은 그림들이 훨씬 나을 것 같았다.

예쌍이 몸을 일으켜 목소리를 가다듬더니 낮은 소리로 천쿤에게 진지하게 말했다.

"오늘 밤은 심상치 않아. 도요새 한 마리를 잡았는데 3년 전에 포획해서 발찌를 채워놨던 놈이야."

"다른 물새들은 별다른 정황이 없나?"

"지금까지 기록된 바로는 모두 개별적으로 행동하고 있어. 단체 행동은 극히 드물어."

천쿤은 고개를 끄덕이고는 생각에 빠졌다. 그는 예쌍의 허풍병이 또 시작되었다고 생각했다.

흥분에 찬 예쌍이 말했다.

혹등고래 모모의 여행

"해안선이 이렇게 길고 하구도 이렇게 넓은데 '그들'이 왜 굳이 혼자서 이 늪지로 돌아오려고 하는지 자네는 아는가? 정말 재미있는 현상 아닌가?"

"응."

천쥔은 어류의 회유河游나 조류의 이동은 모두 무리를 지어 진행된다는 사실을 명확히 알고 있었다. 그래서 그는 예쌍의 조사 결과를 늘 반신반의했다.

천쥔의 눈빛을 읽은 예쌍이 고개를 떨구고 다시 컨테이너 안으로 들어갔다.

"오늘 밤 시합 잊었나?"

천쥔이 다급한 듯 예쌍을 따라 들어가며 물었다.

"어떻게 잊을 수 있겠나?"

"대결 장소는 어디지?"

천쥔이 긴장이 묻어나는 목소리로 물었다. 장소를 예쌍이 정했기 때문이다.

"섬이 어떤가?"

"그것도 괜찮지. 그럼 간 김에 풀어놓은 통발을 걷어 오면 되겠군."

사실 그는 진작부터 예상하고 있었다. 지금 시간에 섬이 아니면 사람들이 다니지 않는 곳을 찾기란 쉽지 않았기 때문이다. 하지만 그는 일부러 내키지 않는다는 말투로 얘기했다.

난감해하는 그의 얼굴을 보고 예쌍이 득의양양한 표정을 지었다.

"이번에는 뭘 가져왔나?"

예쌍은 천쿤의 미끼에 관심이 많은 듯했다.

천쿤은 느리지도, 그렇다고 빠르지도 않은 속도로 주머니에서 자신이 조각한 나무 쥐를 꺼내 그에게 보여주었다.

예쌍이 걸어와 머리에 쓴 헤드램프로 그것을 비추었다. 그는 인형을 가져가 훑어보더니 냄새를 맡고는 말했다.

"냄새는 그럴싸하네. 하지만 들쥐 같아."

천쿤은 재빨리 그의 손에서 나무 인형을 낚아채더니 더는 보여주지 않았다.

예쌍이 허리춤에 찬 가방에서 정교하게 만들어진 작은 상자를 꺼냈다. 상자를 열어보니 안에는 나무로 조각한 담황색의 나무 오리가 들어 있었다. 오리는 살아 있는 것처럼 생생한 모습이었다. 깃털 하나까지도 진짜와 다를 게 없었다.

컨테이너 안에 있던 사람들이 모두 몰려와 예쌍 옆에 서서 그의 나무 오리를 보고 입이 마르도록 칭찬했다.

"내가 한번 물에 띄워봤는데 오리들이 모두 이 인형을 자기 동족으로 착각하더군."

어깨에 잔뜩 힘이 들어간 예쌍이 자랑스럽게 말했다.

"무려 한 달 동안 작업한 거야."

하지만 천쿼은 보잘것없다는 식으로 받아쳤다.

"그래봤자 자네 오리에는 흰개미 떼만 몰려들 거야."

"흰개미 떼도 안 몰려드는 나무 부스러기보단 낫지 않나?"

예쌍이 천쿼을 비웃으며 일부러 더 크게 웃었다.

"자네는 항상 이론이 부족해."

그렇게 말하는 천쿼의 얼굴이 붉게 달아오르고 목소리가 갈라졌다. 샤오허는 그들이 말씨름을 하는 동안 밖으로 나가 하모니카를 꺼냈다.

8

어둑어둑한 바다 위로 암컷 고래 한 마리가 새끼 고래 한 마리를 데리고 헤엄치고 있었다. 모모는 기쁜 마음으로 헤엄치며 드넓은 바다를 누비는 중이었다. 그러다 하마터면 앞에 서 있는 거대한 물체와 부딪힐 뻔했다. 처음에는 암벽이라고 생각했다. 하지만 다시 보니 그것은 건장한 수컷 고래였다. 녀석의 턱과 머리에 잔뜩 붙어 있는 따개비들이 빛을 받아 반짝거리고 있었다. 모모는 지금껏 그토록 건장하고 인상이 험악한 수컷 고래를 본 적이 없었다.

수컷 고래는 모자母子 고래의 호위 고래*였다. 그는 모모를 침략자라고 단정 짓고 벌써 전투준비를 마친 상태였다. 그렇지만 다른 호위 고래처럼 먼저 거품을 만들거나 거품 그물로 모모를 겁주지 않았다. 샛비늘치처럼 가슴을 크게 부풀리지도 않았다. 그는 바로 모모에게 돌진해 결투를 신청하고 승부를 내고자 했다.

모모는 상대보다 체구가 작지 않았는데도 그만 주눅이 들었다. 더군다나 아직 마음의 준비가 되어 있지 않았다. 하지만 어쩔 수 없는 상황에 스스로 용기를 불어넣었다. 그는 재빨리 그 자리에서 한 바퀴를 돈 뒤 고개를 돌려 전투태세에 들어갔다.

상대의 몸은 덕지덕지 붙은 따개비들 때문에 회백색으로 보였다. 마치 하늘에 떠 있는 구름 같았다. 모모는 적당한 안전거리를 유지하면서 상대를 관찰했다. 이미 싸울 준비를 마치고 기다리고 있던 상대는 뜸을 들이는 모모를 지켜보다가 결국 참지 못하고 먼저 공격을 가했다.

모모는 이제껏 그토록 성질이 급한 고래를 본 적이 없었다. 당황한 모모가 그만 옆으로 몸을 피해버리자, 공격이 실패하리라 생각하지 못한 상대 고래는 잔뜩 화가 났다. 그는 고개를 돌려 물거품을 쏟아내며 거대한 거품 그물을 만들어냈다. 규칙을 어긴 모모에게 비난을 쏟아내는 중이었다.

---

* 새끼와 함께 이동하는 암컷 혹등고래는 종종 수컷 혹등고래의 호위를 받는다. 이 수컷 고래가 범고래와 같은 적의 습격을 물리치면 나중에 암컷 혹등고래의 짝짓기 상대가 되는 혜택을 얻을 수 있다.

그가 모모를 비난하는 것은 당연한 일이었다. 모모가 반칙을 했기 때문이다. 원래 두 고래 사이에 싸움이 일어나면 이유를 막론하고 전투에서 갑자기 발을 빼거나 몸을 피해서는 안 된다. 방금 모모의 행동은 예의에 매우 어긋나는 행동이었다. 게다가 수컷 고래로서는 정말 창피한 일이었다.

'그 고래다!'

모모가 드디어 상대 고래의 얼굴을 기억해냈다. 유난히 날카롭고 하얀 꼬리지느러미를 가진 그 고래였다. 자신의 등에 남은 흉터가 바로 저 꼬리지느러미에 맞아 생긴 것이었다. 2~3년간 못 본 사이 상대 고래는 훨씬 강해져 있었다.

모모는 등의 상처를 떠올리자 분노가 치밀었다. 그 즉시 전투준비를 마치고 공격 명령을 기다리는 한 척의 항공모함처럼 돌변했다.

상대 고래도 모모가 생각난 것 같았다. 그는 갑자기 전투 욕망이 활활 타오르는 모습으로 변한 모모를 바라보았다. 그런 모습이 승부욕을 더 부추겼다.

마침내 드넓은 바다 위에서 두 수컷 고래의 전투가 벌어졌다. 둘은 서로를 향해 돌진했다. 거대한 두 고래가 부딪치자 머리 쪽에서 참혹할 만큼의 커다란 소리가 났다. 둘의 이마가 충돌하면서 와장창 접시

가 깨지듯 따개비들이 부딪히고 깨지는 소리가 들려왔다.

머리를 부딪치자 모모는 온몸에 진동이 울리는 걸 느낄 수 있었다. 순간적으로 지금 자신이 어디서 뭘 하고 있는 건지 모를 정도의 충격이었다. 눈가와 이마에서 새빨간 피가 흘러나왔다. 잠깐 동안, 물에 젖은 코르크 마개처럼 온몸에 힘이 빠져 파도를 따라 물 위를 둥둥 떠다녔다.

모모가 가까스로 정신을 차리고 다시 상대의 위치를 파악했다. 상대는 이미 그 자리에서 한참이나 기다린 것 같았다. 하지만 모모는 신경 쓰지 않았다. 다시 한번 힘을 모아 허리를 비틀고 꼬리를 움직이며 상대방을 향해 돌진했다. 빨간색 테이프가 바다에 떨어진 것처럼 꼬리 뒤쪽으로 한 줄기의 피가 흘렀다.

두 고래가 다시 충돌했다. 충돌하며 생긴 힘으로 둘은 뒤로 나가떨어졌다. 그 힘이 얼마나 센지 몸의 절반이 수면 위로 떠올랐다가 허리가 뒤로 꺾인 채 거대한 소리와 파도를 일으키며 떨어졌다.

이로써 둘의 대결이 끝났다. 승부는 가려졌다. 모모는 물 위로 떠올라 깊은숨을 들이쉬고 다시 바닷속으로 들어갔다.

대결의 목적은 상대 고래를 굴복시키고 암컷 고래의 인정을 얻어내는 것이었다. 모모는 주위를 둘러보았다. 호위 고래의 모습은 보이지 않았다. 암컷 고래와 새끼 고래 역시 마찬가지였다.

그는 이번 싸움으로 이마에 더 커다란 상처를 입었다. 피가 너무 많이 흘러나와 오른쪽 눈이 거의 보이지 않았다. 왼쪽 눈 위는 작은 산처럼 부어올랐다. 고통이 밀려왔다.

또 진 걸까? 모모는 마치 아무 일 없었다는 듯 태연하게 물 위로 올라갔다. 젖 먹던 힘을 다해 숨을 내뿜고 수면을 내리쳤다.

나중에 모모는 상대 고래가 바이야였다는 사실을 알게 되었다.

9

~~~~~~~~~~~~~~~~~~~~~~~~~~~~~   ~~~~~~~~~
                    ~~~~~~~~~~~~~~~~~~~~~~~~~~

입술 아래쪽이 욱신거렸다.

모모는 몸에 붙어 있는 흰색의 작은 괴물들이 움직이고 있다고 생
각했다. 그가 작은 괴물이라 부르는 것은 바로 따개비였다. 따개비는
고래의 몸에 붙어 기생하며 고래와 함께 성장했다. 그래서 고래들은
단계별로 성장 과정을 거칠 때마다 마치 충치가 있는 것처럼 주기적
으로 아픔을 느꼈다.

회유를 결정하고 서쪽으로 항해를 시작한 이후 이 아픔이 점점 더
심해졌다. 고통이 심할 때는 심연으로 한없이 추락해버릴 것 같이 숨
이 턱턱 막혔다. 그의 온몸이 아픔에 시달리고 있었다.

그래도 어쨌든 회유는 계속됐다. 아픔을 잊기 위해 그는 위험을 감
수하기도 했다. 꼬리지느러미를 높이 쳐들고 머리를 강바닥에 처박

한바탕 소동이 끝나고 나자 입술 밑이 아려오기 시작했다.
분명히 따개비들이 움직이고 있을 것이다.
강을 거슬러 올라오기로 하고 서쪽으로 항해를 시작한 이후
이 아픔은 날이 갈수록 더해졌다.
심할 때는 심연으로 한없이 추락해버릴 것 같이
숨이 턱턱 막혔다.

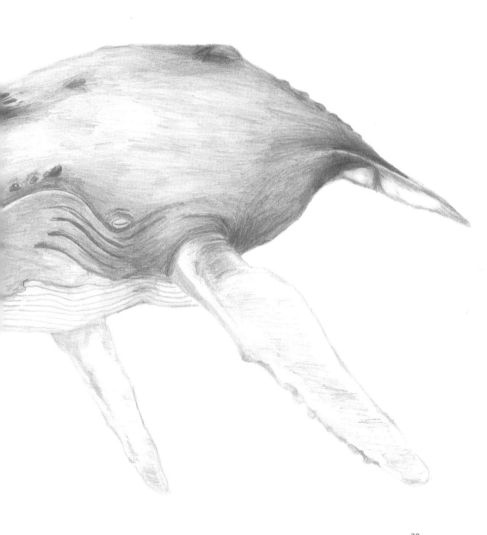

아 비벼대면서 통증을 덜어내려 한 것이었다. 하지만 강바닥은 전부 진흙투성이였다. 그 때문에 얼굴과 머리가 온통 진흙으로 뒤덮였다. 심지어 진흙으로 숨구멍이 막힐 뻔해 다급히 물 밖으로 나가 숨을 쉰 적도 있었다.

그러나 따개비들은 정기적으로 발작을 일으켰다. 고래가 나이를 먹으면 따개비들의 활동도 빈번해졌다. 그래도 만일 이마나 머리 쪽이 아프면 마음에 드는 장소만 하나 골라서 물 위로 올라가면 그만이었다. 물 밖으로 머리를 내밀고 기다리면 갈매기나 다른 바닷새들이 날아와 등에 내려앉아 따개비를 따 먹었기 때문이다. 마치 악어의 이빨 사이에 낀 고기 조각이나 이물질을 빼주는 악어새와 같았다.

문제는 따개비들이 입꼬리 밑이나 턱에 붙어 있는 경우였다. 이런 경우는 그야말로 생고생을 해야 했다. 그럴 때는 어쩔 수 없이 해저로 내려가 타조처럼 얼굴을 바닥에 숨기고 메기처럼 흙을 뚫어야 했다. 머리를 바닥에 박고 까칠한 모랫바닥에 이리저리 비벼대면 고통이 줄어들었다.

'이 영리한 것들이 분명 내 의도를 알아챘을 거야.'

모모가 마음속으로 자조 섞인 말을 했다.

따개비들은 새들이 아무리 먹어도 사라지지 않았고 아무리 바닥에 비벼도 없어지지 않았다. 며칠이 지나면 또다시 한 무더기가 늘어나 있었다. 물살을 타고 무더기로 늘어나거나 한 줄로 죽 늘어났다. 죽은 따개비들이 껍데기를 남겨놓으면 살아남은 것들이 거기에서 새로운 따개비를 생산하며 영역을 넓혀갔기 때문이다.

따개비 더미는 사라지지 않고 오히려 날이 갈수록 늘어났다. 수가 늘어날수록 고래의 등에도 언덕이 많아졌다. 그래서 나이 든 고래일수록 생김새가 험악해졌다. 모모는 지금 자신의 얼굴도 흉악하고 무서울 거라고 생각했다.

모모는 따개비들이 고래의 몸에 붙어 기생하는 것이 세상에서 가장 잔인한 일이라고 생각했다. 하지만 고래들은 따개비의 존재를 의심하거나 미워하지 않았다. 그저 숙명처럼 받아들였다. 그런 고통은 죽어야만 비로소 끝나는 것이었다. 마치 그것이 바로 인생이라고 가르치는 것 같았다. 따개비는 태어날 때부터 고래의 몸에 붙어서 고래가 성장하면 같이 그 수가 늘어났다. 고래가 늙어 죽으면 유골이 되어 사라졌고 그러면 따개비가 기생할 곳도 사라졌다. 그래서 고래의 죽음은 곧 따개비의 죽음을 의미했다.

모모의 입술 중 가장 두꺼운 부분은 3~4센티미터 정도였다. 거기에 따개비들이 많이 몰려 있었다. 울퉁불퉁한 따개비는 마치 톱날처럼 단단하고 날카로워서 갑옷처럼 방어벽 역할을 하기도 했고 때로는 가공할 만한 무기가 되기도 했다. 하지만 그의 나이가 많아지면서, 흔들리고 빠져버린 이처럼 따개비도 함께 퇴화했다.

따개비가 많으면 많을수록 고통도 심했다. 그렇지만 짝짓기 기간에 적과의 싸움에서 승리를 거두기 위해 수컷 고래 대부분은 이런 고통을 기꺼이 감수했다. 어릴 때는 오히려 따개비 수를 늘리려고 많은 수컷 고래들이 바다 밑에 깊이 잠수해 움직임을 최소화했다. 해파리처럼 고정적인 수심을 유지하며 둥둥 떠다니면서 따개비의 수를 늘리는 것이었다. 몇몇 고래들이 바닥으로 내려가 머리를 땅에 비비곤 했지만 그런 경우는 극히 드물었다. 그들은 이런 행동을 저급한 자해 행위로 간주했다. 몸에 따개비 수가 많을수록 그 고래는 성숙하다는 증거였다.

모모는 방금 자신이 한 행동을 생각하며 허탈한 웃음을 지었다. 하지만 해파리처럼 훈련하는 방식을 그다지 믿고 따르지 않는 그로서는 따개비가 없어져도 그만이었다.

모모는 때때로 꼭 호위 고래가 되지 않아도 된다고 생각했다. 다만 자신은 매일 그렇게 열심히, 다른 고래들보다 훨씬 더 많은 시간을 들여 훈련했는데도 대결 성적이 특출하지 않은 것이 불만이었다. 모모는 여전히 이긴 것보다 진 횟수가 많았다. 점점 위축되고 자신감이 떨어졌다. 싸움에서 져서 그렇다기보다는 자신이 노력한 것에 비해 결과가 좋지 않다는 사실 때문이었다.

10

천쿼은 예쌍에게 일을 마무리할 시간으로 5분을 주었다.

10분이 지났다. 예쌍은 여전히 사람들과 지도 앞에 모여 열심히 무언가를 토론하고 있었다. 예쌍은 사람들과 늪지를 구하는 활동을 하면서 이 구역을 자연보호 구역으로 지정해달라고 정부에 호소하는 일을 했다.

천쿼의 얼굴색이 조금씩 변하기 시작했다. 분명 예쌍도 그런 천쿼의 성격을 모르지 않을 것이다. 하지만 너무 바쁜 나머지 그는 그 사실을 잠깐 잊은 듯했다. 평소 이런 상황이었다면 벌써 자리를 떠났을 천쿼도 대결을 생각하며 꾹 참고 있었다. 그는 무료함을 달래고자 예쌍의 컨테이너 사무실을 둘러보기 시작했다.

다 낡아빠진 조그만 냉장고와 가스레인지, 가스통과 간이침대……. 벽에는 영장류 분야의 유명 여성학자 사진과 아프리카 침팬지의 포스터가 붙어 있었고, 그 옆으로 늪지의 지도들이 마구 붙어 있었다.

소박하고 꾸밈없긴 했지만, 물건들이 너무 어지럽게 널려 있어 멋이라곤 조금도 찾아볼 수 없었다. 예쌍이 살고 있는 컨테이너 안을 둘러보며 천쥔이 한 생각이었다. 그나마 괜찮은 것을 꼽으라면 창문 옆에 있는 작은 스피커가 달린 복고풍의 회색 턴테이블이었다. 이 공간 안에서 정신적인 삶을 대변하는 유일한 물건인 것처럼 보였다. 천쥔이 턴테이블 앞으로 다가가 자세히 살펴보았다. 턴테이블 위에는 이미 먼지가 잔뜩 쌓여 있었다.

다리를 저는 고양이가 다가와 천쥔의 발에 몸을 비벼댔다. 그와 인사를 나누고 싶어 하는 것 같았다.

눈앞의 물건은 십 년 전 그가 이곳을 처음 방문했을 때도 있었다. 십 년 전 이 늪지를 보호하는 방식에 관해 둘 사이에는 의견 차이가 발생했었다. 당시 예쌍은 조류에 관한 조사를 하고 있었다. 그런데 사람들이 이 늪지를 개발하려고 땅을 마구잡이로 뒤엎었다. 게다가 봄과 가을이 되면 사냥꾼들이 끊임없이 찾아와 이곳에 서식하는 조류를 포획했다.

그 일로 화가 난 예쌍은 연구를 포기하고 곧장 컨테이너를 사서 이곳에 터를 잡았다. 그는 신문과 잡지 등에 글을 올려 이 늪지를 구해야 한다고 주장했다. 또 자원봉사자들을 모집해 늪지 구역을 순찰하면서 사냥꾼을 몰아내거나 개발자들을 고발했다.

사실 현지 주민들은 이 늪지가 개발되어 도시계획 구역에 들어가길 원했었다. 그래서 예쌍의 행동은 현지 주민들의 원성을 샀고 결국 직접적인 충돌이 빚어졌다. 양쪽의 싸움은 날이 갈수록 심해져 신문에 기사로 나오기도 했고 법정에도 몇 차례 드나들어야 했다.

한편 예쌍은 그 일로 늪지가 유명 관광지가 되리라곤 생각지도 못했다. 휴일이 되면 그의 컨테이너를 보러 온 관광객들로 늪지는 인산인해를 이루었다. 예쌍은 골치가 아팠다. 더 많은 사람에게 늪지의 중요성을 알려주고는 싶었지만 관광객들이 찾아와 늪지를 망가뜨릴까 걱정이 됐기 때문이다.

관광객의 발길은 끊이지 않았다. 사실 천췬이 처음부터 걱정한 것도 그것이었다. 그는 예쌍의 격한 방식이 늪지를 보호하기는커녕 오히려 현지인들의 불만을 사서 늪지가 파괴될까 봐 우려했다.

나중에 천췬은 그런 자기의 생각을 신문에 실었다. 그게 예쌍의 심기를 불편하게 했다. 그의 글이 신문에 실린 그날 아침 예쌍이 멀리

서부터 그의 사무실로 한달음에 달려왔다. 그리고 둘 사이에 싸움이 일어났다. 예쌍은 천쿤이 자신을 난처하게 하려고 고의로 그랬다고 했다. 그러면서 학교에 다닐 때부터 그가 늘 자신의 의견에 트집을 잡고 반대하면서 잘난 체했다고 비난했다.

사실 솔직히 말하면 천쿤은 예쌍의 늪지 보호 활동보다 그가 학문을 연구하는 태도에 더 불만을 품고 있었다. 예쌍처럼 환경보호 활동에만 매진하는 사람이 학문을 연구할 시간이 어디 있겠는가?

예전부터 천쿤은 그런 예쌍의 태도가 눈에 거슬렸다. 컨테이너 안에는 몇 권의 책이 구석에 아무렇게나 나뒹굴고 있었다. 전부 조류에 관한 책으로 다른 종류는 찾아볼 수 없었다.

하지만 예쌍은 지금도 여전히 젊을 때처럼 열정이 넘쳤다. 천쿤은 그것만큼은 대단하다고 생각했다. 만일 예쌍이 먼저 대결을 요청하지 않았다면 그렇게 오랜 시간 인내심을 가지고 나무 인형을 조각하는 일도 없었을 거라고 생각했다. 대결 신청을 받은 이후 그는 스스로 많이 젊어진 것 같은 느낌이었다.

고양이가 이리저리 맴돌다가 샤오허 발 앞에 앉았다. 그 바람에 샤오허는 너무 놀라 자리에서 펄쩍 뛸 뻔했다. 그는 고양이의 발톱을 무서워했다. 하지만 이 고양이는 삐쩍 마른 데다 힘도 없어 보였다.

그는 경계심을 가지고 계속 고양이를 지켜보다가 시간이 조금 흐른 뒤에야 비로소 안심했다.

기다리다 지친 천쥔이 컨테이너 밖으로 나와 바람을 쐬었다. 천쥔이 나오는 걸 본 샤오허는 또 잔소리를 들을까 봐 얼른 하모니카를 집어넣었다.

"아까 먹던 초콜릿 좀 남았니?"

천쥔은 배가 조금 고픈 것 같았다.

"한 줄 남았어."

샤오허가 주머니에서 초콜릿을 꺼냈다.

천쥔이 자신도 조금 달라는 듯 손을 내밀었다.

"안 돼. 할머니가 할아버지는 단것 먹으면 안 된다고 했어."

"집에서나 그렇지. 여긴 밖이잖아."

천쥔이 어이없다는 듯 웃었다.

병원에서 의사가 그에게 혈당이 높으니 단것을 줄이라고 경고했었다.

"어쨌든 안 돼."

"지금은 초콜릿이 그렇게 기다란 모양으로 나오나?"

천쥔이 초콜릿에서 눈을 떼지 못하고 물었다.

혹등고래 모모의 여행

"원래 다 이렇게 생겼는데!"

"그렇게 생긴 건 더 달지?"

집요하게 물어보는 천쿤이 귀찮게 느껴진 샤오허가 결국 포기하고 말했다.

"그럼 딱 반만. 하지만 내일 다시 돌려줘야 해."

11

세 번째로 바이야를 만난 그해 겨울, 호위 고래가 되는 일에 관한 모모의 혐오감은 극에 달했다. 그는 다른 고래들과 싸워야 하는 것이 신물 나도록 싫었지만, 그렇다고 그 생각을 어떻게 풀고 해결해야 하는지 갈피를 잡지 못했다. 악몽처럼 힘들고 지겨운 하루하루가 지나갔다. 그의 감정은 날이 갈수록 가라앉았다.

그날 바이야는 진작부터 모모를 발견하고 오랜 시간 지켜봤다. 하지만 모모는 그 사실을 눈치채지 못했다. 결국, 바이야가 모모의 앞길을 막고는 그의 면전에 대고 거품을 만들어냈다. 그러고는 비꼬는 말투로 잔뜩 약을 올렸다.

"왜? 나처럼 거대한 고래는 처음 보니?"

모모는 신경 쓰지 않았다. 길을 돌아 다시 헤엄쳤다.

"고래는 행복하고 즐거운 종족이야."

바이야가 그의 뒤를 쫓아오며 놀려댔다. 계속해서 그의 화를 돋우는 중이었다.

"난 거품 그물을 만들고 크릴새우를 사냥하지. 노래도 하고 물놀이도 즐겨."

그러면서 그의 배 옆쪽을 자꾸만 툭툭 건드렸다. 바이야가 악의 섞인 웃음을 지으며 말했다.

"넌 나랑 다시 싸울 용기가 없을 거야."

계속되는 도발에 결국 모모가 폭발했다. 그는 커다랗게 한 바퀴 돌아 전투 자세를 취하고 멀리서 바이야가 달려오길 기다렸다. 준비를 마친 그를 보고 바이야가 물의 흐름이 좋은 위치를 선점하더니 공격을 개시했다.

바이야가 쏜살같이 모모를 향해 돌진했다. 그런데 충돌 직전, 아무런 반응 없이 그 자리에 꼿꼿이 서서 망연한 눈으로 어딘가를 응시하는 모모를 발견했다. 공허한 눈동자로 아무런 의욕 없이 자신의 뒤쪽을 응시하고 있었다. 당황한 바이야가 다급히 공격을 거두었다.

12

고무보트가 무성한 갈대숲을 지나 좁은 뱃길을 따라 앞으로 나아 갔다. 나무로 만든 노를 천천히 저을 때마다 삐걱 소리가 났다. 늪지에 있는 생물들이 노 젓는 소리에 놀라 황급히 달아났다. 강물 안에는 등나무 넝쿨이 엉켜 있어 노를 저을 때마다 엉겨 붙었다.

인기척에 놀란 뜸부기들이 다급히 울음소리를 내며 늪지 깊은 곳으로 몸을 숨겼다.

"샤오허, 소리 들었니?"

예쌍이 마치 늪지에 처음 온 어린아이처럼 흥분된 목소리로 물었다.

샤오허는 정말 신이 났다. 이런 기회가 흔치 않았기 때문이다. 그는 정신없이 주변을 구경하느라 아무런 움직임도 알아채지 못했다.

예쌍의 말을 듣고 가만히 귀 기울여 들어보니 먼 곳에서 단음절의 짧고 날카로운 울음소리가 들려왔다. 잠시 후 특이한 그 소리가 다시 울렸다.

"큰소쩍새란다. 겨울에 이곳에 와서 저렇게 울어댈 줄은 몰랐네."

예쌍이 오랜 친구를 만났다는 듯한 말투로 얘기했다.

"여기는 늪지야. 구릉이 아니라고."

천쥔이 바보 같은 소리라는 듯 말했다.

"예전에는 늪지에서도 흔하게 볼 수 있었어. 내가 기록한 것도 적지 않아."

예쌍이 반박했다.

"두꺼비일지도 몰라."

"큰소쩍새는 한 번에 딱 한 번씩만 울어. 내가 똑똑히 기억해."

"너무 멀리서 들려."

샤오허는 둘이 무슨 소리를 하는지 알 수 없었다. 관심도 없었다. 그는 할 일 없이 손전등으로 주변 갈대숲과 강 속을 이리저리 비추고 있었다. 그러다 문득 손전등보다 별빛에 반사된 곳이 훨씬 더 멀리, 또렷하게 보인다는 사실을 발견했다. 저 멀리 수평선 너머에서는 흰색의 불빛들이 비쳐왔다. 그들이 사는 도시였다. 늪지는 고요한 세상이었다. 노 젓는 소리와 인기척에 놀라서 푸드덕대는 새들의 날갯소리만 이따금 들려올 뿐이었다.

너무 고요한 나머지 샤오허는 춥다는 느낌까지 들었다. 그러던 중 커다란 물고기가 물 위로 뛰어올랐다가 풍덩 소리를 내며 다시 들어가는 것을 보았다. 손전등을 켜서 비춰보았다.

"진짜 크다!"

예쌍도 손전등을 켜서 오랜 시간 그곳을 바라보았다.

"숭어란다. 예전에는 밀물이 차면 숭어가 가득했었어. 수십 마리가 배 위로 뛰어오르곤 했었지."

"저기 불이 꺼져 있는 배가 있어요."

샤오허가 강 복판에 떠 있는 배를 손가락으로 가리키며 말했다.

"모래 채취선이야. 지금은 모래를 채취하는 계절이 아니라서 인부들이 저기 묶어둔 거지."

궁금해하는 샤오허에게 예쌍이 설명해주었다.

"날씨가 좋으면 나는 배를 타고 나와서 저기서 도시락을 먹고 달을 구경한단다. 샤오허 너도 이다음에 크면 놀러 오너라."

샤오허가 더 멀리 맞은편 강가에 있는 검은 그림자를 가리키며 말했다.

"저기에도 있네요."

예쌍이 고개를 돌려 무언가에 주의를 기울이며 말을 꺼냈다.

"천퀀, 이 강도 침적 현상이 점점 더 심해지고 있어."

천퀀은 예쌍의 말을 귀 기울여 듣지 않았다. 조금 전의 초콜릿 맛을 떠올리는 중이었다. 그는 요즘 초콜릿은 너무 쉽게 녹고 단맛이 강해 예전보다 못하다고 생각했다.

"자네도 우리 팀에 들어와야 해."

예쌍이 넋이 나간 천퀀을 보며 말했다. 아마도 학생 시절 함께했던 때를 떠올리는 것 같았다.

"그런 일을 하기엔 난 너무 늙었어."

천퀀이 대답했다.

"자네는 옛날부터 그게 문제야. 열정이 부족해."

"열정으로 따지자면 말로 설명할 필요도 없어. 행동이 필요한 거지."

고무보트가 천천히 강 한복판을 향해 나아갔다. 점점 더 넓은 강이 나왔다.

"날씨 정말 좋다! 천퀀, 자네 기억하나? 우리가 처음 대결을 했던 그날 말이야."

예쌍이 말했다.

"응. 자네는 낚싯줄도 개울에 빠뜨리고 그냥 왔었지."

"난 날씨를 말하는 거야! 그날 날씨가 꼭 오늘 같았다고."

"아닌 것 같은데!"

천쥔이 전혀 말도 안 된다는 식으로 대답했다. 벌써 수십 년 전의 일이어서 잊은 지 오래다. 그가 유일하게 기억하는 건 그날 한 시간도 채 되지 않아서 무태장어를 낚아 올려 너무 쉽게 예쌍을 이겼다는 사실이었다.

"오늘 야경이 그날 밤이랑 정말 비슷해."

예쌍이 낮은 목소리로 말했다.

"추워."

샤오허가 큰 소리로 말했다.

"왔을 거야."

천쥔이 샤오허에게는 아무런 대꾸를 하지 않고 혼자 중얼거렸다.

"치어 말인가?"

예쌍이 물었다.

"그래! 분명 장어 치어가 강으로 올라왔을 거야."

"날씨가 아직 그렇게 춥지 않아. 아직 일러!"

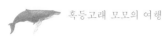
혹등고래 모모의 여행

"분명해."

"할아버지, 저기 좀 봐. 저쪽 풀에서 반짝거리면서 빛이 나."

샤오허가 말했다.

"반딧불이란다."

천췬이 대답했다.

"반딧불이는 여름에 나오는 거 아니야?"

샤오허가 의아하다는 듯 물었다.

"누가 그러던?"

"교과서에 그렇게 나와 있어."

"자연은 예외가 많아. 반딧불이도 그중 하나지. 할아버지도 겨울
에 본 적이 있어."

예쌍이 대답을 가로챘다.

"반딧불이도 종류가 수십 가지야. 여기 사는 애들은 수생水生이고.
근데 지금은 그 수가 많이 줄었어. 자네가 말하는 종류하고는 또 달
라."

천췬이 반박했다.

갈대숲으로 뒤덮인 작은 섬에는 배를 정박해둘 만한 곳이 없는 듯
했다. 고무보트는 다시 갈대숲을 지나 좁은 뱃길로 들어가 한 바퀴를

돈 뒤에야 세울 만한 곳을 찾아냈다.

배를 잘 묶어두고 그들은 숨겨져 있는 냇가에 도착했다. 만은 하구와 마주하고 있었다. 천쿤은 장어 치어들이 회유나 역류하는 집중 지역이 이곳이라고 판단했다. 그래서 해가 질 때 미리 통발을 설치해두었다.

"물이 다 찼지?"

천쿤이 물었다.

"강물이 정말 더러워."

샤오허가 낚시 가방 안의 투명한 물과 강물을 번갈아 보며 말했다.

"어망을 들어 올릴 거야. 불 좀 비춰줘."

천쿤이 천천히 어망을 들어 올려 가방 안에 넣었다. 조명을 비추니 투명한 색에 가까운 작은 치어들이 가방 곳곳에서 헤엄치고 있는 게 보였다.

"대부분 실장어네."

"실장어가 뭐야?"

물고기들은 거미줄처럼 가늘었다. 호기심에 가득 찬 샤오허가 물었다.

"장어들은 태어난 다음 바다에서 반년 동안 떠돌다가 이 하구에

도착한단다. 지금은 실장어가 강어귀로 역류하는 시기야."

예쌍이 또 옆에서 끼어들었다.

샤오허는 자꾸만 옆에서 끼어들고 아는 체하는 할아버지 친구가 얄밉게 느껴졌다.

"손으로 들어서 보면 더 정확히 보일 게다."

예쌍의 제안에 샤오허가 조금 짜증 난다는 듯 대답했다.

"그냥 이렇게 보면 안 될까요?"

천쿤이 작은 국자로 투명하고 작은 실장어를 떠 올려 돋보기를 쓰고 자세히 살펴보았다.

"실장어가 맞아. 어린 뱀장어란다."

천쿤이 실장어를 샤오허에게 건네 보여주었다. 실장어는 투명한 당면처럼 보였다. 머리에는 두 개의 작은 점이 찍혀 있었다.

"샤오허, 장어들이 왜 바다와 하천 사이를 힘들게 오가는지 아니? 한곳에서 살면 편할 텐데 말이야."

예쌍이 쉬지 않고 수다스럽게 샤오허에게 물었다. 그러더니 샤오허의 대답은 듣지도 않고 혼자 답했다.

"모든 생물은 다 자기만의 생존 전략을 가지고 있단다. 위도가 낮은 지역은 해양 생물이 하천보다 훨씬 적어. 그래서 장어들은 바다에서 출산하는 거야. 천적이 별로 없거든. 그런 다음 영양분이 풍부한 강으로 거슬러 올라와 여기서 자라는 거란다."

샤오허는 예쌍의 말에 귀 기울이기보다 가방 안에 새로운 고기는 없는지 살피고 있었다.

"잘 찾아보면 다르게 생긴 치어를 발견할지도 몰라."

예쌍이 옆에서 그를 격려했다.

"예쌍, 좋은 자리 좀 봐두었나?"

천쿼이 바쁘게 수온과 수질을 점검하며 예쌍에게 물었다.

"어디 보자."

예쌍이 자리에서 일어나 사방을 둘러보기 시작했다.

예쌍이 자리를 떠난 뒤에야 샤오허는 가방 속에서 헤엄치는 실장어를 들어 올려 관찰하고 다시 놓아주었다.

"또 보고 싶으면 살살 다루거라. 실장어들은 함부로 놀라게 해서는 안 돼."

예쌍이 걸어가는 방향을 바라보며 천쿼이 샤오허에게 주의를 주었다.

"이건 좀 달라. 꼬리가 검은색이야. 할아버지, 빨리 좀 봐봐."

"맞아. 이건 무태장어야. 뱀장어처럼 겨울에 강을 역류해서 올라오지.”

“어? 또 다른 게 있다!”

샤오허가 소리쳤다.

“어디로 정했나?”

예쌍이 돌아오자 천쿤이 궁금하다는 듯 물었다.

“방금 우리가 지나온 뱃길이 어떤가?”

예쌍은 진지한 천쿤의 눈을 보면서 웃음을 터뜨릴 뻔했다. 사실 그는 이런 대결을 별로 좋아하지 않았다. 하지만 매번 시합 때마다 열심히 준비하고 참여하는 천쿤을 보는 건 지친 일상에서 찾을 수 있는 일종의 즐거움이었다. 십여 년 전 처음 대결을 시작했을 때부터 그는 정기적으로 이 즐거움을 누려야겠다고 생각했다. 그에겐 천쿤과의 시합이 바쁘고 고된 늪지 보호 활동에서 받는 스트레스를 풀 수 있는 통로였다. 이기고 지는 건 애당초 별 의미가 없었다.

예쌍의 제안에 천쿤이 고개를 끄덕였다.

“가서 미끼를 풀자고!”

천쿤은 마음속으로 쾌재를 불렀다. 예쌍이 정한 장소는 사실 그가 가장 원하는 장소이기도 했다.

“샤오허, 어디 가지 말고 여기서 기다리렴.”

"나도 갈래."

"조금 전에 지나온 뱃길에 미끼만 풀어놓고 금방 올 거야. 오래 걸리지 않을 게다. 낚시 가방 지켜야지."

샤오허가 잔뜩 실망한 얼굴로 가방 옆에 쭈그리고 앉아 미끼를 풀러 가는 두 노인의 뒷모습을 바라보았다.

13

모모는 이따금 물 위로 올라와 먼 곳을 바라보았다. 하늘이 점점 맑아졌다. 별들도 추위 때문에 잔뜩 몸을 움츠렸는지 평소보다 작아보였다. 번식기가 이미 지났지만, 그는 노래를 부르고 싶었다.

혹등고래들은 좋은 목청을 가지고 태어났다. 그들은 다양한 음색으로 노래할 수 있었다. 노래하는 내용도 가지각색이었고 리듬도 매우 정확했다.

또 서로의 노래를 조용히 감상하는 걸 좋아했다.

다른 동물들은 노래의 내용을 알지 못했다. 그저 선율만 감상할 뿐이었다. 그들은 때로 코끼리 울음소리보다 훨씬 더 높고 긴 소리를 내기도 했고 때로는 멧돼지가 포효하듯 낮고 굵은 소리를 내기도 했다. 아기가 장난치는 듯한 맑고 기분 좋은 소리를 낼 때도 있었고 바

람에 따라 흔들리고 꺾이는 대나무처럼 음절이 하나하나 끊기는 듯
한 소리를 낼 때도 있었다.

가느다란 물줄기가 힘없이 물 위로 올라왔다.

끝내 모모는 노래하지 않았다. 유난히 폭이 좁은 강 때문에 마음이
불편했기 때문이다.

하지만 눈앞에 하나로 모아진 뱃길을 보고도 그는 전혀 조급해하
지 않았다. 늘 하던 것처럼 습관적으로 S자를 그리며 물속으로 천천
히 들어갔다.

곡선을 그릴 때마다 물방울 한두 개가 뿌연 강물 위로 뽀글대며 올
라왔다.

14

모모와 바이야가 하구에 도착했던 그해에는 하늘에 별빛 하나 보이지 않았다.

"바로 여기야."

바이야가 침착하게 말했다.

모모가 의심의 눈초리로 바이야를 바라보았다.

바이야는 긴 여정 끝에 겨우 실망한 표정으로 자신을 쳐다보는 모모에게 짜증이 났다. 그는 모모 같은 성격을 가진 고래가 어떻게 무리 안에서 살아남고 암컷 고래의 호감을 살 수 있었는지 상상할 수 없었다.

하지만 여태 모모와 같은 수컷 고래를 본 적도 없었다. 싸움이 일어났던 그날 모모는 같은 자리에 꼿꼿하게 서서 죽음이 두렵지 않다는 눈으로 그를 빤히 바라보고 있었다. 그는 모모가 다른 수컷 고래에게는 없는 특별한 힘을 가지고 있다고 생각했다. 그렇지 않고서야 어떻게 미동도 하지 않고 그 자리에서 다른 고래의 공격을 기다리는 용기를 낼 수 있겠는가. 어쩌면 그것이 지금껏 모모에게 흥미를 느끼고 함께 여행했던 이유이기도 했다. 그래서 그는 모모를 반쯤 속여어르고 달래가면서 여기 이 강까지 데리고 왔다. 바이야는 생각했다. 모모처럼 이미 삶에 흥미를 잃어버린 고래만이 자신을 따라 강어귀까지 역류하는 모험을 즐길 수 있을 거라고.

바이야가 어렸을 때 전해 들은 바로는 이 강 안에 키가 큰 풀에 둘러싸인 늪지가 있다고 했다. 만일 고래가 그 늪지로 올라가면 풀 더미 안에서 충분한 휴식을 얻을 수 있다고 했다. 따개비가 붙어 있는 피부에 햇볕을 쬐면 가려움이 멈춰서 고통이 줄어든다고도 했다. 또 따개비들이 떨어져 나가도 상처가 남지 않는다고 했다. 물론 그가 여기까지 올라온 것은 그런 사사로운 이유 때문만은 아니었다. 이것은 자신의 극한을 시험해보기 위한 일종의 도전이었다. 그는 자신의 한계가 어디까지인지 알고 싶었다.

바이야는 이미 풀 냄새를 맡은 듯했다.

"여기서 좀 관찰하자."

흑등고래 모모의 여행

바이야처럼 큰 꿈을 가지고 따라온 게 아닌 모모는 한 번도 본 적 없는 큰 강 앞에서 들어가길 망설였다.

"됐어. 그럼 나 혼자 간다."

바이야가 일부러 화난 목소리로 말했다.

"우리는 이런 곳에 들어가 본 경험이 없잖아."

"처음으로 역류에 성공해서 이 늪지를 발견한 고래가 우린데 어떻게 경험이 있을 수 있겠냐? 너는 싸우는 것도 싫어하고 사는 것도 재미없다고 하고. 그래서 내가 여기까지 데려왔더니 또 무서워서 가기 싫어? 대체 네가 원하는 게 뭐야?"

"역류에 성공한 건 네가 용기 있다는 증거는 되지만 네가 꼭 옳다는 말은 아니야."

깊은 생각에 빠져 있던 모모가 말했다.

"틀려도 상관없어. 해볼 만한 모험이었으니까."

바이야가 대답했다.

모모는 어떻게 말해야 할지 몰라 그냥 입을 다물었다.

"나 먼저 들어간다."

바이야는 전투에 임하는 용사처럼 비장한 표정으로 꼬리를 한 번 흔들고는 쌩하고 가버렸다. 그는 일부러 모모를 더 못 본 체하고 강

전설에 따르면 이 강 안에는 키가 큰 풀들이 무성하게 자라는 늪지가 있다고 했다. 또한 고래가 그 위로 올라가면 수풀 더미에서 편히 쉴 수 있다고 했다. 햇볕에 따개비를 말리면 간지러움이 그쳐 살 것 같다고도 했다. 게다가 따개비가 떨어져도 흉터가 남지 않는다고 했다.

을 거슬러 올라가기 시작했다.

모모는 바이야가 그렇게 말하고 정말 가버릴 줄 몰랐다. 미처 막을 새도 없었다. 어쩔 수 없이 억지로 그를 따라갔다. 바이야의 계획 속으로 완전히 들어가고 말았다.

둘은 더 깊은 곳을 향해 천천히 헤엄쳤다.

수질이 다른 것 말고 그렇게 불편한 건 없었다. 모모는 자신의 숨소리와 헤엄치는 소리를 들었다. 다른 소리는 들리지 않았다. 심장이 빨리 뛰었다. 바이야를 따라온 것이 조금 후회되기도 했다. 하지만 이미 늦었다. 세차게 파도치는 바다의 소리는 이미 사라지고 없었다.

"예전에 늙은 고래들도 해안가로 올라갔었잖아. 그게 강으로 역류하는 거랑 뭐가 다르지?"

모모가 두려운 마음을 달래려고 화제를 전환했다.

"거긴 해변이잖아. 그건 일종의 이미 다 알고 있는 책임을 완수하는 거고 우리는 미지의 일을 해나가는 거야."

"대체 무슨 차이인지 모르겠어."

"이미 알고 있는 건 죽은 거나 마찬가지고 미지의 것은 살아 있는 생물과도 같은 거지. 미지의 일을 해낸다는 건 주동적인 느낌이잖아. 스스로 운명을 개척하는 거라고."

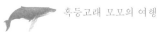

"나는 네가 그저 우수한 호위 고래가 되는 일에만 관심 있는 줄 알았어."

바이야는 아무 대답이 없었다.

"도착하려면 얼마나 걸려?"

"몰라. 중간에 무슨 일이 생기겠지."

"위험을 말하는 거야?"

"널 데려온 게 정말 후회된다."

바이야가 또 일부러 화를 냈다. 그는 자기가 모모의 용기를 과대평가했다고 생각했다.

모모도 더 질문하지 않았다.

한참 뒤 바이야가 입을 열었다.

"진짜 따듯하다!"

"응. 어릴 때 생각난다."

모모는 그렇게 말하면서도 완전히 긴장을 풀지 않았다.

"어린 시절뿐이겠어? 이건 꿈이 실현되는 온도야."

모모는 깜짝 놀랐다. 바이야가 그런 철학적인 말을 하리라고는 생각하지 못했기 때문이다.

"저기 작은 섬이 보여."

"도착했다. 분명히 여길 거야. 우리가 찾아냈어!"

홍분에 찬 바이야가 소리를 지르며 쏜살같이 물속으로 들어갔다가 다시 힘차게 솟아올랐다. 거의 몸 전체가 뛰어올랐다가 반 바퀴를 돌아 등부터 육중한 소리를 내며 물속으로 미끄러져 내려갔다.

15

드넓은 바다에서부터

나는 보았네

세상과 나의 줄다리기를

결국 모모는 참지 못하고 노래를 불렀다. 생전에 바이야가 만들었던 곡이었다.

그는 계속 눈을 감고 마음을 가라앉혔다. 가끔 위로 올라가 숨을 내쉬고 다시 물속으로 들어왔다. 강물의 폭이 넓어지기 시작했다. 마치 밀물도 썰물도 없는 커다란 호수처럼 잔잔하고 평화로웠다. 그의 기억에 따르면 이제 곧 늪지가 나올 것이다.

다시 마음을 잡았다. 강물 위로 별빛이 쏟아져 내렸다. 편안하고 따뜻한 강이었다. 그는 가슴지느러미를 힘껏 펼쳐 마음껏 수면을 두드리며 아무 걱정 없이 헤엄치고 싶은 마음을 애써 진정시켰다.

새하얀 별빛이 그의 등으로 쏟아졌다. 언덕을 이루고 있는 따개비들도 빛을 받아 반짝였다. 신이 난 그가 다시 물 밖에서 숨을 내쉬자 기다란 물기둥이 올라왔다. 젊을 때는 7~8미터까지 물기둥을 쏘아 올릴 수 있었다. 하지만 지금은 기껏해야 5~6미터였다. 따개비들이 또 움직였다. 환경이 새롭게 변하자 따개비들의 움직임이 불안해졌다.

'뭍으로 올라갈 걸 눈치챘나?'

쓴웃음을 지으며 혼자 생각했다.

모모는 다시 바닥으로 내려가 물거품을 만들어냈다. 등에 붙은 따개비들에게 마지막으로 물을 맛보게 해주는 중이었다.

그는 마지막으로 한 번 더 장난을 치기로 했다. 점프였다. 있는 힘을 다해 수면 위로 날아오른 뒤 몸을 뒤로 젖혔다. 독수리 날개처럼 활짝 펼친 가슴지느러미와 회색빛으로 빛나는 가슴이 수직으로 곧게 섰다. 온몸이 날아올라 꼬리지느러미만 수면을 스치고 있을 뿐이었다. 공중에서 회전한 뒤 다시 물 위로 떨어졌다.

모모가 마음속으로 조용히 노래를 불렀다.

바다를 품었던 가슴지느러미로

강에게 경례하네

노년의 고래에게 이것은 최고의 영광

거대한 몸뚱이가 물 위로 떨어지자 엄청난 소리가 났다. 그가 저울 추처럼 깊이 가라앉았다. 다시 물 밖으로 나왔을 때는 강을 가로지르는 검은색의 기다랗고 거대한 물체가 보였다. 예전에 왔을 때는 없었던 것이다.

'드디어 올 것이 왔군!'

기다란 물체는 벽돌처럼 생명이 없는 것처럼 보였다. 그 밑에는 모래가 엄청 많이 쌓여 있었다. 그는 자신의 거대한 몸뚱이로 그곳을 통과할 수 있을지 자신이 없었다. 거대한 물체에는 네다섯 개의 아치형 문이 있었고 문마다 길이 뚫려 있었다. 그는 그 앞에서 망설이며 제자리를 왔다 갔다 했다. 보고 또 보아도 자신이 통과할 수 있을 만한 넓이의 문은 없어 보였다. 조금 뒤면 물이 빠질 시간이었다. 만일 지금 수문을 통과하지 못한다면 여기서 포기하고 돌아가야 할 것이다.

'여기서 좌초되어 죽음을 기다린다고? 말도 안 돼. 돌아가자! 다시 깊은 바다로 돌아가자!'

과거 바다를 품었던 가슴지느러미로 강에게 경의를 표했다.
그건 노년의 고래가 누릴 수 있는 가장 큰 영광이었다.
'화려한 물놀이를 해볼까!'
모모는 힘껏 뛰어올랐다. 달빛 아래 독수리 날개처럼
거대한 가슴지느러미를 활짝 펼쳐 들었다.

이제 모모가 선택할 수 있는 길은 단 하나였다.
모험을 감수하고 문을 넘어 헤엄치는 것이었다.

마음속에서 외치는 소리가 들려왔다. 강을 거슬러 올라가는 게 점점 더 망설여졌다. 하지만 모래사장에 누워 있는 바이아의 모습을 떠올리자 다시 생각이 바뀌었다. 그는 고개를 돌려 거대한 물체를 향해 다가갔다.

이제 모모가 선택할 수 있는 길은 단 하나였다. 모험을 감수하고 문을 넘어 헤엄치는 것이었다. 그는 그중 가장 넓어 보이는 문을 정하고는 망설임 없이 그곳을 향해 내달렸다. 하늘을 향해 날아가는 미사일처럼 지느러미를 날개 삼아 힘껏 속도를 올렸다.

모래와 자갈에 온몸이 쓸리고 부딪혔다. 심한 충격과 함께 위아래로 몸이 흔들렸다. 잠시 정신을 잃었던 것 같다. 다시 정신을 차리고 사방을 살폈을 때 그는 거대한 물체를 통과하고 물 위를 떠다니고 있었다. 늪지에 조금 더 가까워진 것 같았다.

모래와 자갈에 쓸리고 깎인 탓에 온몸이 쓰라렸다.

'이젠 정말 늙었구나!'

모모는 생각했다. 이번 모험을 통해 변해버린 강물도 몸소 체험할 수 있었다. 그가 조심스레 다시 헤엄치기 시작했다. 목적지가 눈앞으로 성큼 다가오자 흥분을 감출 수 없었다. 장난기가 다시 올라오기 시작했다. 거품을 만들고 지느러미를 내리치면서 거대한 소리를 내다 보니 조금 전의 위기는 생각나지 않았다. 짝짓기에 나선 오징어 떼가 물속에서 소란을 일으킨 것처럼 그가 만들어낸 거품이 달빛 아래 은하수처럼 새하얗게 빛났다.

늪지가 점점 더 가까워졌다. 그런데 갑자기 그가 움직임을 멈추었다. 저만치 물 위에서 검은 그림자가 움직이고 있었기 때문이다.

조용히 그 자리에서 오랫동안 그림자를 관찰한 끝에 모모는 그것이 배라는 걸 알 수 있었다. 이상한 점은 배에 불이 켜져 있지 않다는 것이었다. 다른 배처럼 모터 소리가 나지도 않았다. 배는 그저 조용히 물 위에 둥둥 떠 있었다.

어쩌면 이번 여정이 생의 마지막일지도 몰랐다. 그런 생각을 하자 익숙하고도 낯선 그 물체에 호기심이 마구 일어나기 시작했다. 그가 배를 향해 조금씩 다가갔다. 이제껏 그렇게 가까운 거리에서 배를 본 적이 없었다. 예전에는 배가 움직이는 소리가 들리면 멀리 도망가곤 했었다. 그는 먼저 배 주위를 한 바퀴 빙 둘러본 뒤 조심스럽게 가까이 다가가 관찰하기 시작했다. 밑에는 모래 더미가 있었다. 원래 누군가 배를 모래 더미 위에 세워놨었지만 지금은 강물이 차오른 탓에 물 위에 둥둥 떠 있는 듯했다.

그는 계속해서 배를 관찰했다. 심지어 머리로 두드려보기도 하면서 그토록 두려워했던 그 물체를 탐색하기 시작했다. 움직이지 않는 배는 온화해 보이기까지 했다. 그가 조그만 물거품을 만들어 친근함을 표시했다. 그는 계속 그곳에 머무르며 지금껏 무서워했던 그 물체를 유심히 관찰했다. 나중에 물이 빠지고 모래 더미가 드러나고 나서야 비로소 늪지를 향해 다시 방향을 바꾸어 헤엄쳤다.

16

얼마나 지났을까. 천쿼과 예쌍은 아직도 돌아오지 않았다. 샤오허는 무서워지기 시작했다. 그렇다고 함부로 그 자리를 떠날 수도 없었다. 그저 가방 옆에 앉아서 천쿼과 예쌍이 돌아오진 않는지 두리번거렸다.

천쿼은 미끼를 풀러 가면서 샤오허에게 낚시 가방을 잘 지키라고 당부했다. 하지만 아무것도 하지 않고 가방만 지키자니 졸음이 몰려왔다. 샤오허는 이 상황에서 뭘 해야 할지 몰랐다. 이럴 줄 알았다면 할아버지를 따라 늪지에 오지 않았을 거라고 생각했다. 길지도 않은 방학인데 친구들과 노는 게 훨씬 더 재밌었을지도 모른다.

늪지에는 아무것도 없었다. 고약한 냄새와 모기만 득실댈 뿐이었다. 그는 점점 후회스러웠다. 내일 아침 날이 밝자마자 이곳을 떠날 거라고 다짐했다.

그렇지만 개학은 정말 싫었다! 뚱뚱하고 눈이 쫙 찢어진 국어 선생님 때문이었다. 고구마를 닮은 외모에 학생들은 그를 '고구마'라 불렀다. 지난 학기 기말고사 때 고구마는 샤오허가 뒤에 있는 친구의 시험지를 몰래 보는 걸 분명히 봤으면서 아무런 소리를 하지 않았다. 하지만 답안지를 제출하자 고구마는 샤오허의 것만 따로 옆으로 분류했다.

그걸 보고 온몸에 식은땀이 흘렀다. 샤오허는 아무런 말도 못 하고 자리로 돌아가 앉았다.

시험 시간이 끝나자 고구마가 시험지를 들고 교실을 나갔다. 그는 고구마 뒤를 따라 교무실 문 앞까지 쫓아갔다.

고구마는 그가 자신의 뒤를 따라오고 있다는 걸 알면서도 모른 척했다. 하지만 교무실 문 앞에서 갑자기 고개를 휙 돌리더니 그를 나무랐다.

"커닝한 주제에 뭘 잘했다고 여기까지 따라와!"

그러고는 교무실로 쌩하고 들어가 버렸다. 샤오허는 넋이 나간 채로 복도에 서 있었다. 눈물이 터질 것만 같았다.

'방학이 영원히 끝나지 않는다면 얼마나 좋을까!'

혹등고래 모모의 여행

그는 고구마를 다시 마주하는 게 죽을 만큼 싫었다.

'고구마가 아직도 기억하고 있을까? 그냥 겁만 준 거 아닐까? 어쩌면 다음 학기에는 고구마가 다른 곳으로 갈지도 몰라⋯⋯.'

이런 생각을 하자 갑자기 더워졌다. 모자를 벗어 부채질했다. 예쌍이 달아준 배지를 떼어내고 싶었다.

'하아⋯⋯ 됐다. 그만두자.'

샤오허는 긴 한숨을 내쉬고 헤드램프로 주위를 비추었다. 천천히 불어오는 바람 소리 외에 미세한 소리가 들려왔다. 물에서는 가끔 무언가가 첨벙대는 소리가 났다. 조명을 가까이 비춰보니 미꾸라지처럼 생긴 물고기가 조용히 강바닥에 누워 있다가 한 번씩 물 위로 뛰어올랐다.

샤오허는 너무 지루했다. 할 일이 생각나지 않았다. 불어났던 강물이 조금씩 빠지자 그 자리에 진흙 바닥이 드러났다. 집게발 하나만 가진 하얗고 작은 게들이 바닥에 뚫린 구멍에서 기어 나와 먹이를 찾고 있는 게 보였다. 게들을 보자 문득 재미있는 일이 생각났다. 그는 주머니에 숨겨두었던 장난감 총을 꺼냈다. 할아버지가 있을 때는 함부로 꺼낼 수 없었다. 며칠 전에 몰래 산 장난감이었기 때문이다. 다른 애들은 모두 장난감 총을 가지고 있었다. 그러니 어떻게 자신만 없을 수 있겠는가. 그는 장난감 총으로 게를 겨누고 한 발 한 발 쏘기 시작했다. 플라스틱 총알이 진흙 바닥에 꽂히자 놀란 게들이 황급히 구멍 속으로 사라졌다.

하지만 시간이 지나자 그것도 재미가 없어졌다. 그가 다시 헤드램 프를 켜서 주변을 마구잡이로 비추었다. 그런데도 뭘 해야 할지 몰라 다시 가방 안에 든 실장어를 보았다. 불빛 앞으로 모기떼가 날아들어 그를 귀찮게 했다. 모기들이 벌 떼처럼 불 앞으로 몰려드는 건 습지 에서는 흔히 있는 일이었다. 계속 손을 휘저으며 모기떼를 쫓아냈지 만 쉽게 도망가지 않았다. 잠시 후 나방 한 마리가 날아들었다. 그는 차라리 잘되었다고 생각하며 화풀이할 겸 나방을 잡아 실장어가 든 가방에 넣어버렸다.

그런데 나방은 물에 빠졌는데도 죽지 않고 필사적으로 움직이며 가방에서 빠져나오려 했다. 그러다 어렵게 물풀 하나를 잡더니 그것 을 타고 기어 나오려 몸부림쳤다. 샤오허가 나방에게서 풀을 빼앗아 다시 물속에 빠트렸다. 놀란 나방은 미친 듯 날개를 파닥거리다가 이 내 조용해졌다.

조금 뒤 가방 안을 비춰보자 죽은 줄 알았던 나방이 여전히 날개를 움직이며 빠져나오려 안간힘을 쓰고 있었다. 자신이 도와주지 않으면 나방은 결코 빠져나올 수 없을 것 같았다.

결국, 샤오허는 작은 나뭇가지를 주워 나방 옆에 놓아주었다.

나방이 힘들게 나뭇가지 위로 올라왔다. 온몸을 계속 부르르 떨고 있었다.

샤오허가 조심스럽게 나뭇가지를 들어 땅 위에 놓았다.

조금 뒤 조명을 비춰보니 나뭇가지 위에는 아무것도 없었다.

샤오허는 왠지 모를 뿌듯함을 느꼈다. 무언가 중요한 일을 해낸 것 같았다. 마음속에 기쁨이 솟구쳤다.

기분이 좋아진 그는 하모니카를 불고 싶었다.

주머니에서 하모니카를 꺼내 들었지만 잠시 망설였다. 할아버지가 들으면 늪지의 동물들을 깨웠다고 핀잔을 줄 것이다.

그는 얼마 전에 배운 곡을 저음으로만 조용히 연주하기 시작했다. 그런데 연주를 막 시작했을 때 갑자기 강물 저편에서 검은 물체가 천천히 모습을 드러냈다.

그는 너무 놀라 심장이 멎는 줄 알았다. 처음에는 커다란 바위라고 생각했다. 하지만 자세히 보니 동물이 틀림없었다. 강물에 동물이 누워 있다니!

등줄기에 식은땀이 흘렀다. 무슨 동물일까? 왜 여기 누워 있는 걸까? 할아버지는 여기에 저렇게 큰 동물이 살고 있다는 말을 한 적이 없다.

알 수 없는 존재 때문에 공포에 질린 샤오허는 온몸이 그 자리에서 굳어버린 것 같았다. 사방에서 갈대들이 바람에 스치는 소리가 들려왔다. 곧이어 눈부신 불빛이 그를 비추었다. 실눈을 뜨고 보니 두 개의 검은 그림자가 그를 향해 천천히 다가오고 있었다.

17

그해에는 뭍으로 올라가는 게 매우 조심스러웠다. 모모와 바이야는 계속 섬 주위를 맴돌며 관찰했다. 올라가기 좋은 장소가 있는지 살피기 위해서였다. 새파랗던 하늘에 먹구름이 끼기 시작했다. 말라버린 갈대들이 바람에 흔들리는 소리가 났다. 스산한 분위기가 감돌았다.

"강을 올라갈 때는 깊이 잠수할수록 좋아. 되도록 몸을 밖으로 내놓지 마."

"언제쯤 출발할 거야?"

"한밤중에 물이 차면."

"너무 오래 걸릴 것 같아."

"그러니깐 지금 정기적으로 숨을 쉬어서 충분히 공기를 보충해두어야 해."

"만일 성공하지 못하면?"

"무슨 말이 하고 싶은 거야?"

"아니야."

"지금은 우리 생에 가장 위대한 순간이야."

바이야의 말투에 흥분과 기쁨이 섞여 있었다.

모모는 바이야가 그런 말투로 말하는 것을 가장 싫어했다.

그러든 말든 바이야가 계속 흥분해서 말했다.

"여기를 좀 봐. 얼마나 좋니? 짝짓기 할 필요도 없고, 짝을 구하기 위해 싸우지 않아도 되고. 우리는 그저 이 일을 완성하는 데 모든 시간과 에너지를 쏟으면 그만이야."

"이번 모험은 너의 여행이지 나의 여행이 아니야."

모모가 바이야의 급한 성격을 떠올리며 말했다.

바이야가 소리쳤다.

"좋은 장소를 찾았어!"

"빨리 가자!"

일이 마무리되어 가자 모모는 빨리 이 모험을 끝내고 싶어 조바심이 났다.

혹등고래 모모의 여행

바이야는 갈대처럼 움직이는 모모의 생각을 종잡을 수 없었다. 조금 전 재촉하는 그의 말을 듣고는 깜짝 놀랐다. 하지만 바이야는 죽음을 두려워하지 않는 그의 특별한 용기와 힘에 또 한 번 감탄했다.

18

깜깜한 밤, 모모가 그토록 원하던 꿈을 이루는 순간이 왔다. 그는 갈대숲 사이 부드러운 진흙 바닥 위에 몸을 뉘었다. 몸에 남아 있던 수분이 순식간에 날아갔다. 얼음처럼 차가운 바람이 사방에서 불어 왔다. 이제 강물은 거의 다 빠지고 없었다. 배와 꼬리지느러미 일부만 넘실대는 강물에 살짝 잠겨 젖어 있을 뿐이었다. 차가운 공기가 그를 에워쌌지만, 그는 전혀 춥지 않았다. 오히려 깔고 누운 진흙이 신선하고 따듯하게 느껴졌다. 지난번에는 너무 긴장한 탓에 이런 감정을 느낄 여유가 없었다. 그는 조용히 그 자리에 누워 건조하고 차가운 겨울바람을 만끽했다. 눈을 들어 한밤중 겨울바람에 흔들리는 갈대들을 바라보았다. 저만치 떨어진 산봉우리 위에 구름이 걸려 있었다.

그는 이제 완전히 바다에서 벗어난 생명이었다. 완전히 다른 세계에 들어와 있었다.

늪지 위로 검은 어둠이 내려앉았다. 차갑고 날카로운 강바람이 갈대를 흔들었다. 강물은 바람에 맞춰 잔잔하고 부드러운 곡을 연주하듯 찰랑거리며 소리를 냈다.

그 위로 무겁고 걸걸한 그의 숨소리가 더해졌다.

검은 그의 몸이 하늘에서 떨어진 운석처럼 달빛을 받아 반짝였다.

바싹 마른 갈대들이 겨울바람에 흔들리자 육지의 냄새가 났다. 그는 이제 파도의 간섭이 없는 공간에 들어와 있었다. 바다와 완전히 분리된 이 공간에 있자니 갑자기 삶이 덧없게 느껴졌다. 삶의 원점으로 돌아온 것 같은 느낌이 들었다. 바이야와 함께 왔던 그해에도 이런 생각을 했었을까? 이런 감정은 뤄자駱加 같은 고래들은 절대로 느낄 수 없을 것이다.

생각이 거기까지 미치자 그의 눈에서 눈물이 흘러내렸다.

스산한 강바람이 늪지로 끊임없이 불어왔다.
흐르는 강물 소리가 텅 빈 공중에 계속해서 울려 퍼졌다.

그토록 꿈에 그리던 갈대들이 눈앞에 있었다.
모모가 조용히 그 속으로 미끄러져 들어갔다.
바다와 단절된 이 공간에 있자니 돌연 삶이 덧없이 느껴졌다.

19

서쪽을 향해 반쯤 헤엄쳐 왔을 때 모모는 우연히 길을 잃고 헤매는 암컷 고래 뤄자를 만났다. 뤄자는 자신의 목적지까지 남은 길을 모모와 함께했다.

"어디로 가세요?"

뤄자가 물었다. 그녀는 모모와 함께하면서 말로 표현할 수 없는 안정감을 느꼈다. 북쪽 해역에서 점점 더 멀어지고 있기 때문인지도 몰랐다.

"나는 강으로 올라갈 거야."

단호한 모모의 대답을 듣고 뤄자는 조금 놀랐다. 하지만 그의 계획을 알고 나니 더 마음이 놓였다.

모모는 자랑스럽다는 듯 방금 했던 대답을 한 번 더 반복했다.

"그다음에는요? 다시 바다로 안 돌아갈 거예요?"

"내가 말했잖아. 난 예전에 강을 거슬러 올라갔다가 다시 바다로 돌아갔던 적이 있는 고래라고."

다 늙어 행동이 느리고 가끔 무슨 말인지 모르겠는 말을 하는 모모에게 뤄자는 어떻게 대답해야 할지 몰라 아무 말도 하지 않았다.

"그런 동정 어린 눈으로 보지 말거라. 네가 무슨 생각을 하는지 알아."

뤄자는 아무런 대답도 하지 않고 속으로 모모가 성격이 괴팍한 늙은 고래라고 생각했다.

"이제 때가 됐어."

모모가 갑자기 알 수 없는 말을 하더니 슬픔에 잠긴 얼굴을 했다.

"하지만 바다는 여전히 변함이 없군."

모모는 그렇게 말하고 뤄자를 약간 흘겨보았다. 뤄자는 아직 너무 어려 세상사를 모른다는 눈빛이었다. 그러고는 편안한 말투로 말을 이었다.

"곧 강으로 갈 수 있다는 생각을 하면 말로 표현할 수 없는 기쁨이 샘솟아."

"모든 고래가 늙어서 당신과 같은 생각을 한다면 이 세상은 너무 재미없을 거예요."

뤄자는 그렇게 말하고 허리와 꼬리를 한 번 비틀고는 깊은 곳으로 멀리 헤엄쳐 들어갔다. 한참 뒤 그녀가 다시 돌아왔다. 자신감 넘치는 즐거운 얼굴이었다.

"저는 사는 게 즐거워요."

모모는 속으로 생각했다.

'그게 문제야.'

그는 계속 앞으로 헤엄쳐 나아갔다. 뤄자와는 아무런 대화도 하지 않았다.

모모가 거대한 거품을 뿜어냈다. 그는 뤄자처럼 노래와 춤에 능하고 물놀이를 잘하는 고래라면 짝짓기와 사냥도 잘하고 새끼 고래도 잘 키우는 훌륭한 암컷 고래가 될 수 있을 거라고 생각했다. 자신도 사실 옛날에는 뤄자 같은 암컷 고래 때문에 마음을 졸이고는 했었다.

갑자기 뤄자가 움직임을 멈추었다.

"왜?"

"들어봐요!"

"아무것도 안 들리는데?"

모모가 머리와 꼬리를 흔들며 천천히 거품을 내뱉었다. 여전히 한

가롭고 여유로운 모습이었다.

"우리처럼 거대한 동물들이 헤엄쳐 오고 있어요. 우리보다 훨씬 빨라요!"

뤄자가 긴장한 목소리로 크게 소리쳤다.

"나는 왜 아무것도 안 들리지?"

모모가 해파리처럼 흐느적거리며 평온한 모습으로 헤엄쳤다.

"빨리 가요! 이미 가까이 왔어요."

"잘못 들은 거 아니니?"

뤄자는 모모를 무시하고 꼬리를 내리쳐 재빨리 도망쳤다.

모모가 있는 힘을 다해 그녀의 뒤를 쫓았지만 따라갈 수 없었다.

뤄자는 구름처럼 아주 가볍게 앞서갔다.

그가 안간힘을 다해 가까스로 그녀를 쫓아왔을 때 그녀가 또다시 그 자리에 멈췄다.

"정말 이상해요. 아직도 우리를 쫓아오고 있어요."

모모가 열심히 코를 킁킁거렸다. 드디어 그도 냄새를 맡고는 중얼거렸다.

"나도 정말 늙었구나."

범고래 떼가 몰려오고 있는 것이었다.

"점점 더 가까워지고 있어요. 어떻게 하죠?"

"처음이니?"

뤄자가 고개를 끄덕였다. 그녀는 범고래의 움직임에 온 정신을 쏟은 상태였다.

"난 예전에 수십 마리에게 포위당했던 적도 있어. 하지만 그때 그들은 날 조금도 건드리지 못했지."

모모가 옛날 일을 떠올리며 자화자찬했다.

"맨날 옛날얘기만 하지 말고 지금 어떻게 좀 해봐요!"

"지금 도망친다고 해도 늦어."

모모가 거품을 마구 쏟아내면서 마음을 다졌다.

"지금 도망가면 우리가 무서워서 그랬다고 생각할 거야. 그럼 저들이 오히려 더 맹렬히 공격할 거고. 지금 우리가 할 수 있는 유일한 일은 앞으로 나아가는 거야. 그래야 쟤들이 겁먹고 우릴 공격하지 않을 거야."

예전에 바이야가 알려준 방법이었다. 물론 성공할지 못 할지는 그도 알 수 없었다.

뤄자는 그의 말을 믿지 못했지만, 달리 방법도 없었다.

모모가 소리쳤다.

"자, 가자!"

그가 꼬리지느러미를 세차게 흔들며 앞으로 헤엄쳤다.

"계속 이쪽을 향해 오고 있어요!"

뭐자가 소리쳤다.

모모는 아무런 말도 하지 않았다. 사실 그도 긴장한 탓에 정신이 없어 그저 잠수에만 몰두했다.

'500미터!'

'300미터!'

뭐자가 마음속으로 외쳤다.

모모는 여전히 눈을 감고 앞을 향해 돌진했다. 이미 목숨을 내놓은 것 같았다.

'200미터!'

'100미터!'

'50미터!'

긴장한 뭐자가 눈을 감았다. 범고래 떼가 몰고 온 물살이 세차게 밀려왔다. 빙산이 해수면 위에 떠 있는 것처럼 살을 에는 듯한 차가운 물이 그녀의 몸을 치고 지나갔다. 정신을 차리고 자신이 무사히 살아남았다는 사실을 확인한 그녀가 기쁜 마음으로 고개를 돌려

여행을 하면서 중간에
범고래 떼가 몰고 온 파도를 만났다.

밀려온 물살에서 빙산이 떠다니는
바다의 차가운 온도가 느껴졌다.

"지금 헤엄쳐 간다고 해도 늦어."

유일한 방법은 정면 승부를 하는 것이었다.

설마 이번이 바다에서의 마지막 싸움이 될까?

모모를 찾았다.

'어디 갔지?'

놀란 뤄자는 사고가 났다고 생각하고 급히 물 위로 올라갔다. 모모가 저만치 먼 곳에 떠 있었다.

모모는 너무 지쳐 말할 힘조차 없었다. 기진맥진한 그는 아무런 움직임 없이 물 위에 둥둥 떠 있었다. 이미 죽어서 뒤집어진 생선처럼 흰 배를 위로 하고 파도에 이리저리 휩쓸리고 있었다. 그는 가까스로 물거품을 조금씩 내뱉었다. 가슴지느러미는 차마 들어 올릴 힘이 없어 물속에 축 늘어뜨린 상태였다.

20

잔뜩 긴장한 얼굴로 냇가에 떠 있는 물체를 손으로 가리키는 샤오허를 보고 예쌍은 웃음이 터졌다.

"별거 아니야. 죽은 돼지야. 누가 버린 게 여기까지 떠내려온 모양이다."

천쿤이 한발 먼저 걸어갔다.

샤오허는 예쌍의 뒤를 졸졸 쫓아갔다. 아무리 죽은 돼지라도 무서운 건 마찬가지였다. 그는 예쌍 뒤에 숨어 힐끔힐끔 돼지를 쳐다보았다.

죽은 돼지는 반만 물에 잠겨 있었다. 천쿤이 옆에 부러진 나무를 집어 돼지를 힘들게 끌고 와 뒤집었다. 그러고는 이미 찢어져 활짝 벌어져 있는 돼지의 배 속을 이리저리 살펴보았다.

"여기 실장어가 잔뜩 들어 있어."

천쿤이 흥분된 목소리로 말하며 헤드램프로 돼지 배 속을 비추었다.

샤오허도 천쿤 옆으로 다가가 죽은 돼지를 관찰했다. 돼지 배 속에는 구더기 떼처럼 실장어들이 모여서 꿈틀대고 있었다. 돼지의 입가에도 서너 마리가 기어 다녔다.

샤오허는 속이 울렁거렸다. 저녁으로 먹은 것들이 모두 올라올 것만 같았다.

"어쨌든 오늘 헛걸음하진 않았네."

천쿤은 계속해서 나무 막대기로 죽은 돼지를 이리저리 돌려가며 자세히 관찰했다.

옆에 서 있던 예쌍이 답답하다는 표정을 지었다.

천쿤이 고개를 들어 예쌍을 보고 무슨 영문인지 모르겠다는 눈빛을 보내자 예쌍이 웃으며 대답했다.

"상류에서 죽은 돼지를 아래로 떠가게 내려보낸 거야. 여기서는 자주 있는 일이지. 아마 썰물 때 실장어들이 돼지 배 속을 잠깐의 서식지로 삼았을 거야. 역시 내 예상이 틀리지 않았어. 분명 이후에 실장어를 잡는 사람들에게 많은 도움이 될 거야."

예쌍이 눈을 크게 떴다. 그는 한껏 들뜬 표정으로 돼지를 관찰하는 천쿤을 보며 의아하다는 표정을 지었다.

21

텐트로 돌아오자 피곤이 몰려왔다. 샤오허는 침낭으로 파고들어가서 바로 잠이 들었다.

천쿤과 예쌍은 다시 모닥불을 피웠다. 일은 대략 일단락 지어졌다. 게다가 중요한 실마리까지 찾아냈다. 천쿤은 배가 너무 고팠다. 입맛도 너무 좋아서 컵라면 한 사발을 순식간에 해치우고 홍차 한 잔을 따랐다.

"정말 오랜만에 이렇게 밤을 새워보네."

천쿤이 나뒹구는 나무토막을 베개 삼아 편한 자세로 누우며 말했다.

예쌍은 여전히 조금 전의 실장어 사건을 생각하는 중이었다.

"자네는 어떻게 이번에 나를 이길 거라고 확신하는 거야? 십여 년 동안 딱 한 번밖에 못 이겨놓고. 그날도 사실 내가……."

허기를 채운 천쥔은 말이 많아졌다.

"마지막에 이기는 게 진짜 이기는 거야."

"뭘 믿고 이길 거라고 생각하는데?"

"자네가 알지 못하는 게 있어."

예쌍은 조금 전 죽은 돼지를 흥미롭게 관찰하던 친구의 표정을 떠올렸다.

천쥔이 차갑게 웃었다. 그는 새로운 정보를 알아냈다는 예쌍의 말을 믿지 않았다.

예쌍은 고개를 숙이고 아무 말이 없었다. 그저 앞에 있는 모닥불만 쉬지 않고 헤집었다. 천쥔이 꺼낸 화제가 재미없는지 평소처럼 떠들지 않았다.

천쥔은 이번에 특별히 녹나무로 쥐 모양의 인형을 조각했다. 녹나무는 냄새가 강해 물속에서 향이 빨리 퍼지고 그 범위도 넓기 때문이었다. 조금 전 예쌍의 인형과 그의 것을 물에 함께 띄웠더니 무태장어들이 예쌍의 것은 거들떠보지도 않았다. 물도 강어귀 쪽으로 흐르면서 천쥔의 인형이 예쌍의 것보다 훨씬 앞서갔다. 그가 보기에는 이번 대결도 예쌍에게는 조금도 승산이 없었다.

예쌍은 이번에 모험을 한번 해봤다. 그는 그저 무태장어가 밀물 때

나오지 않길 바라고 있었다. 물이 빠지고 수위가 낮아지면 나무의 냄새도 훨씬 느린 속도로 퍼질 것이다. 그는 그렇게 된다면 자신에게도 승산이 있다고 생각했다. 게다가 이번에는 천쉔이 모르는 새로운 정보를 알고 있었다.

"자네가 왜 매번 지는 줄 알아?"

천쉔이 동정 어린 시선으로 예쌍을 바라보며 물었다.

하지만 아무런 대답을 하지 않는 예쌍을 보고 천쉔도 입을 다물었다. 천쉔은 왜 예쌍이 오리 인형의 배 부분을 흰색으로 칠하지 않았는지 의아했다. 만일 흰색으로 칠했다면 더 많은 무태장어가 몰려와 물었을 것이다. 이런 정보는 최근 나온 연구 보고서에도 이미 많이 실려 있었다. 그 말인즉슨 예쌍이 새로운 자료를 수집하고 찾아보지 않는다는 뜻이다.

두 사람 사이에 오랫동안 침묵이 흘렀다. 예쌍이 먼저 화제를 돌려 말을 꺼냈다.

"지난달에 사람들이 집에서 기르던 오리가 소리 소문 없이 사라졌어. 그런데 누군가 섬 근처에서 그걸 발견했지. 누가 그랬는지는 자네도 짐작이 갈 거야. 내가 오리 모양으로 조각한 것도 그 이유 때문이야."

예쌍의 말을 듣고 천쉔의 표정이 순식간에 굳었다. 하지만 곧 그는 다시 상관없다는 듯한 얼굴을 했다.

"냄새가 중요해."

천쥔이 자신감에 찬 목소리로 말했다.

"물이 차오르면 무태장어가 나타날 거야. 반드시."

그러자 예쌍이 뭘 모른다는 소리로 받아쳤다.

"그건 여기 사는 어부들도 장담 못 해."

"그래서 몇 년이나 못 잡았구먼."

"동물들도 겨울잠에 들어갔어. 무태장어들이 얼마나 똑똑한데. 쓸데없이 체력을 낭비하지 않을 거야."

"겨울에는 먹이를 찾기 쉽지 않아."

"자네는 항상 그렇게 고집을 피우지."

예쌍이 말하며 쓴웃음을 지었다.

그 말을 들은 천쥔이 정색을 하고 입을 다물었다.

22

샤오허는 꿈을 꾸었다.

꿈속에서 그는 책가방을 메고 혼자 깜깜한 늪지를 걸어가고 있었다. 자신도 어디를 가는지 몰랐다. 그저 계속 걸을 뿐이었다. 하늘은 칠흑같이 어두웠다. 양쪽으로 서 있는 갈대들은 갈수록 점점 더 키가 커졌다. 나중에는 대나무처럼 키가 높아졌다. 그는 자신이 늪지 사이를 지나는 한 마리 쥐와 같다고 생각했다.

하지만 얼마 지나지 않아 길을 잃었다.

그때 갑자기 하늘에서 흉악한 눈빛을 한 부엉이 한 마리가 날개를 퍼덕이며 날아왔다. 놀란 그는 책가방이며 모자며 연필이며 가지고 있던 모든 걸 내던지고 냅다 달리기 시작했다. 그러다가 그만 늪에 빠지고 말았다.

샤오허는 늪을 빠져나오려고 발버둥 쳤지만 아무리 해도 되지 않았다. 해오라기 한 마리가 날아와 맞은편에 있는 갈대숲에 내려앉아 울어댔다. 자신을 비웃는 것 같았다. 지금까지 그렇게 괴상한 새 울음소리는 들어본 적이 없었다. 이어서 해오라기가 교만한 표정으로 앉아 한가하게 부리로 깃털을 쓸어내리기 시작했다. 늪에 빠져 허우적대는 그는 안중에도 없는 듯했다.

화가 난 샤오허가 돌을 집어 해오라기에게 던졌지만 해오라기는 미동도 없었다. 샤오허는 늪 속으로 점점 더 깊이 빠져 들어갔다. 이미 허리까지 잠긴 상태였다. 소리를 지르려고 했지만 마음대로 되지 않았다.

다급해진 샤오허가 사방을 둘러보았다. 저만치 커다란 바위가 보였다. 그걸 잡고 기어올라 가면 될 것 같았다. 갖은 방법을 다 동원해 겨우 바위에 가까워졌다. 그런데 자세히 보니 그건 바위가 아니라 실장어가 기어 다니는 죽은 돼지였다. 놀란 샤오허가 뒤로 물러났지만 죽은 돼지의 검은 그림자가 천천히 그를 향해 다가왔다. 공포에 질려 소리를 지르려고 했지만, 목구멍을 뭔가가 막고 있는 듯 아무런 소리가 나오지 않았다. 그저 눈을 질끈 감고 눈앞의 광경을 보지 않는 수밖에 다른 방법이 없었다.

그런데 잠시 후 돼지가 더 이상 가까이 오지 않는 것 같은 느낌이 들었다. 순간 한겨울의 강바람보다 더 차가운 바람 한 줄기가 볼을 스치고 지나갔다. 천천히 눈을 떠보니 조금 전 보았던 뚱뚱한 해오라기의 검은 그림자가 눈앞을 가리고 있었다. 드디어 목에서 소리가 나왔다. 이어 큰 소리로 비명을 질렀다.

샤오허는 자신의 몸이 공중에 붕 떠 있는 걸 발견했다. 고개를 들어보니 해오라기가 거대한 부리로 자신을 물고 함께 늪지의 상공을 날아 강어귀를 향해 가는 중이었다.

눈을 돌려 발밑의 강물을 바라보았다. 셀 수 없이 많은 빛이 물속에서 빛나고 있었다. 자세히 보니 불빛은 바로 작은 실장어들이었다. 실장어 떼가 겨울 강에서 거대한 빛을 발산하며 천천히 이동하는 중이었다. 어떤 빛은 바다 쪽으로 흐르고 있었고 어떤 빛은 강 쪽으로 올라가고 있었다. 어안이 벙벙해진 샤오허는 눈이 휘둥그레져서 그 광경을 지켜보았다. 놀라운 광경에 아무런 말도 나오지 않았다.

그때 해오라기가 점점 하강하기 시작했다. 뭔가 이상하다고 생각한 그때는 이미 온몸이 물속에 빠져 있었다. 놀라 비명을 질렀다. 순간 온몸에 통증이 찾아왔다. 그러더니 잠시 후 언제 그랬냐는 듯 편안해졌다.

물에 막 들어왔을 때는 너무 차가워 고통스러웠지만 지금은 오히려 따뜻했다. 샤오허가 손을 휘저었다. 팔을 들어 올리자 무수히 많은 빛이 팔에서 끊임없이 반짝였다. 너무 신기해 다시 팔을 휘두르자 빛이 움직임을 따라 이리저리 흔들렸다. 흥분해서 팔다리를 마구 흔들자 온몸에서 빛이 나오기 시작했다. 움직임이 빨라질수록 반짝임도 많아졌다.

결국, 샤오허는 물속 깊숙이 잠수했다. 사방이 모두 실장어로 둘러싸여 있었다. 몸에서 빛나던 불빛의 정체는 바로 실장어였다. 모든 게 신기하고 불가사의했다. 샤오허는 실장어를 따라 강물에 몸을 맡기고 넘실대는 물살을 따라 올라갔다 내려갔다를 반복했다. 어느새 샤오허는 한 마리의 실장어가 되어 천천히 강어귀를 떠나가고 있었다.

23

높고 높은 하늘,

모모와 엄마는 날아갈 수 없네

반짝이는 별들만이 저곳에 닿을 수 있지

모모는 어릴 때 처음 배운 노래를 떠올렸다. 예전부터 그는 노래 가사를 잘 기억했다. 한밤중이 되자 하늘에 별이 가득했다. 북쪽에서 홀로 빛나는 별은 모모가 가장 좋아하는 작은곰자리의 알파성星이었다.

24

그해는 뭍으로 올라온 후 다음 날이 돼서야 떠날 준비를 했다.

"진흙이 너무 많아. 못 나갈 것 같아."

물은 이미 모모의 배까지 차올랐다. 오랜 시간 육지에 올라와 있던 탓에 수분이 없어져 피부는 건조하고 딱딱했다. 갑자기 피부가 물에 닿으니 온몸에 통증이 밀려왔다.

"심리적으로 그런 것뿐이야. 육지에 오랫동안 있었으니 피부가 딱딱해지는 건 어쩔 수 없어. 물로 조금 적시고 나면 괜찮아질 거야."

바이야가 모모를 위로하며 말했다.

"이번에 여기서 나가고 나면 다시는 이렇게 이상한 곳에 오지 않을 거야."

"그래? 난 정말 편하고 좋은데."

바이야는 밀려오는 아픔을 애써 참았다. 그는 물을 한 모금 집어삼킨 뒤 힘껏 내뱉어 등을 적셨다.

"나처럼 해봐."

"효과가 있어?"

모모가 바이야를 그대로 따라 하며 물었다.

잠시 후 물이 가슴까지 차올랐다.

"이제 움직여야 해."

"확실해?"

"응. 먼저 꼬리를 움직여. 네가 먼저 가. 내가 따라갈 테니."

"윽! 나 꼬리에 쥐가 났어."

"맙소사! 밀물 때 움직여야 해!"

"움직일 수가 없어."

"그럼 내가 먼저 갈게."

물이 밀려들어 오자 바이야가 늪지를 벗어나기 위해 힘껏 몸을 비틀었다. 그 힘의 반동으로 모모도 늪지에서 나올 수 있도록 꼬리지느러미를 때려주었다. 하지만 오히려 그게 일을 그르쳤다. 모모는 그 자리에서 꿈쩍하지 않았다. 바이야 역시 뒤로 밀려나는 바람에 물에서 멀어져 다시 늪에 빠져버렸다.

25

나와 함께 자란 별이여,

너는 지금도 그 자리에서 세상을 비추네

모모가 멀리서 빛나는 작은곰자리 별을 보며 노래를 불렀다. 미더와 함께 북쪽 해안으로 돌아가는 길에 불렀던 노래였다. 당시 미더는 만약 돌아가는 길에 무리에서 뒤처지거나 길을 잃으면 작은곰자리 방향만 보고 가면 된다고 여러 번 당부했었다. 지난번에도 모모와 바이야는 그 별자리를 따라 북쪽 해안에 무사히 도착했었다.

오늘 밤 작은곰자리 별이 유난히 밝게 빛나는 것 같았다. 그는 등쪽 피부가 조금씩 건조하고 딱딱해지는 걸 느낄 수 있었다. 심지어 살이 갈라지는 것 같은 아픔도 느껴졌다.

강가에 있을 때는 강물에 섞인 바다의 냄새를 희미하게나마 맡을 수 있었지만, 지금은 아니었다. 조금도 남아 있지 않았다. 지금 불어오는 바람에는 한기와 약간의 소금기, 건조함만 묻어 있었다. 그의 코는 버려진 논밭처럼 바싹 말라버렸다. 그런데 아이러니하게도 그는 자신의 존재가 사라지는 느낌 속에서 오래된 관습으로부터 벗어났다는 쾌감을 느낄 수 있었다.

오늘 밤은 작은곰자리가 유난히 밝게 빛나는 것 같았다.
차가운 강바람이 몸을 휘감았다.
모모는 등이 점점 말라가고 있는 걸 느낄 수 있었다.
심지어 너무 건조해 가뭄이 든 논바닥처럼
갈라지고 있는 듯한 아픔이 느껴졌다.
하지만 아이러니하게도 그는
자신의 존재가 사라지는 느낌 속에서
오래된 관습으로부터 벗어났다는
쾌감을 느낄 수 있었다.

26

늪에서 벗어나려는 시도가 실패로 돌아간 후로 둘은 아무런 조치를 취할 수 없었다. 마치 두 척의 거대한 배가 갈대숲에 좌초된 것 같았다.

"무슨 생각해?"

"아무 생각도 안 해."

"너를 여기로 데려와서 정말 미안해."

바이야가 잔뜩 기가 죽은 목소리로 말했다. 당당하던 그의 모습은 온데간데없이 사라졌다.

모모는 쓴웃음을 지었다. 그는 조용히 그 자리에 누워 운명을 받아들이기로 했다.

"물이 빠지기 시작했어."

바이야가 말했다.

모모는 눈을 감고 아무런 말도 하지 않았다. 마치 운명을 받아들이고 이 순간을 즐기는 것 같았다.

바이야는 의기소침해졌지만, 상황을 쉽게 받아들이지 않았다.

"죽음에 관해 생각해본 적 있어?"

모모가 갑자기 물었다.

하지만 바이야는 대답이 없었다.

잠시 후 모모가 다시 물었다.

"죽은 고래들은 마지막에 어떻게 죽는 게 의미 있는 건지 생각해봤을까?"

"죽는 데도 머리를 써야 한다면 너무 서럽지 않겠니?"

여전히 늪을 벗어나려 노력 중인 바이야가 말했다.

"나는 지금 네 질문에 대답할 시간이 없어."

"그거 알아? 사실 나는 살면서 점프가 가장 무서웠어."

모모가 마음에 있던 것을 털어놓듯 얘기했다.

"왜?"

"난 너무 뚱뚱하잖아. 높이 뛸 수 없거든. 그래서 혼자 유영하는 게 좋았어."

"그게 뭐 어때서."

"너는 내 싸움 실력이 어떤 거 같아?"

"자신감이 부족해."

모모가 조용히 고개를 끄덕이더니 바이야를 원망하듯 말했다.

"넌 나를 너무 잘 알아."

갈대가 바람에 스치는 소리도 멈추었다. 늪지는 이상하리만큼 조용했다.

오랫동안 침묵이 이어졌다.

바이야가 먼저 입을 열었다.

"비밀 하나 말해줄까? 사실 난 노래를 정말 못해."

"정말?"

"응. 진짜. 한 곡을 끝까지 완벽하게 불러본 적이 없어."

놀란 모모가 눈을 크게 떴다.

"동요 몇 곡만 부를 줄 알아. 그것도 기억이 가물가물해."

"내가 알려줄게."

모모가 신나게 흥얼거리기 시작했다. 마치 지금 자신이 늪에 빠져 있다는 사실조차 잊은 듯했다.

나의 여정은

어릴 적 보았던 별들이 알고 있어

바이야는 죽음이 가까워졌는데도 여전히 즐거운 마음으로 노래하는 모모를 눈으로 보고도 믿을 수 없었다. 하지만 그렇다고 달리 방법이 있는 것도 아니었다. 처음에 투덜거리던 바이야도 조금씩 가사를 얼버무리며 흥얼거리기 시작했다.

죽음이 무겁게 숨 쉬며 다가오지만

우리는 조용히 비켜 간다네

"잘한다! 그렇게 좋은 노래는 처음 들어봐. 조금 우울하긴 한데 누구에게나 다 그런 감정은 있으니까!"

모모는 바이야가 만들어낸 가사를 듣고 그의 빛나는 지혜에 다시 한번 감탄했다.

둘은 그 뒤로도 계속해서 몇 곡의 노래를 더 불렀다. 그런데 바이야가 갑자기 노래를 멈추었다.

"왜 그래?"

"나의 여정은 어릴 적 보았던 별들이 알고 있어!"
미소를 띠고 노래하는 모모의 얼굴이
밤하늘의 별처럼 반짝였다.

신나게 노래를 부르던 모모가 자신만 노래하고 있다는 걸 발견하고 물었다.

"내가 왜 그 생각을 못 했지?"

바이야가 갑자기 목소리를 높였다.

"꼬리는 좀 어때?"

모모가 꼬리를 흔들어보았다. 여전히 상태가 좋지 않았다.

"어찌 됐든 움직여야 해. 좀 있으면 커다란 파도가 밀려올 거야. 그럼 그때 무조건 전진해!"

"전진?"

"응. 기억해. 무조건 전진이야."

바이야가 자신감에 찬 목소리로 말했다.

"전진해야 해. 앞으로 움직여야만 여길 떠날 수 있어."

"지금은 물이 빠지는데?"

"큰 파도가 한 번 올 거야. 그때 재빨리 앞으로 움직이면 돼. 물이 우리를 앞으로 끌고 가게 하는 거야."

"할 수 있을까?"

"준비됐어?"

모모는 어찌할 바를 몰라 당황했다. 그는 이미 자신이 죽은 목숨이

라고 생각하고 있었기 때문이다.

과연 조금 뒤 큰 파도가 몰려왔다. 바이야가 소리쳤다.

"좋아, 가자!"

모모는 꼬리를 흔들며 바이야를 따라 공기를 내뿜었다. 허리를 비틀었다가 꼬리를 세차게 내리쳤다. 남아 있던 통증이 격렬하게 밀려왔다.

갈대숲 사이에서 진흙과 흙탕물이 뒤섞여 하늘로 높이 솟아올랐다.

27

모모는 자신의 이마에 작은 동물이 앉아 냄새를 맡고 있는 걸 느낄수 있었다. 들쥐였다. 기분이 좋지 않았다. 그는 들쥐를 쫓아내기 위해 경계의 소리를 내면서 숨을 크게 내쉬었다.

놀란 들쥐가 그의 왼편으로 빠르게 사라졌다. 한 번도 들쥐를 본적이 없었기에 작은 동물이었음에도 공포를 느끼고 바로 경계 태세를 취할 수밖에 없었다. 오른쪽 눈으로 들쥐가 사라진 방향을 바라보는데 왼쪽 눈에 또 다른 동물이 들어왔다.

이번에는 그도 잘 알고 있는 동물이었다. 바다거북이었다. 그는 여기서 바다거북을 만나리라고는 생각지도 못했다. 바다거북이 그의 곁으로 천천히 기어 왔다. 마치 어딘가에서 그를 만난 적이 있었던 것처럼 냄새를 맡더니 그의 입가 주변에 몸을 뉘었다.

"오늘 밤은 정말 시끄럽네!"

조용히 마지막 순간을 보내려고 했던 모모의 바람이 무너졌다.

바다거북은 그를 알고 있는 것 같았다. 그래서 들쥐에게 한 것처럼 놀라게 할 수는 없었다. 참다못한 그가 소리쳤다.

"빨리 저리 가! 나 혼자 있고 싶단 말이야!"

하지만 바다거북은 그의 곁에서 눈을 감고 계속 편안한 자세로 누워 있었다. 모모는 마지막 이 순간을 바닷속 친구와 함께하게 되리라고는 상상도 하지 못했다. 물이 사라지자 피곤이 몰려왔다. 그는 포기하고 깊은 잠에 빠져들었다.

바다거북이 천천히 다가와 그의 입가에 누웠다.
그는 마지막 이 순간을 바닷속 친구와 함께하게 되리라고는
상상도 하지 못했다.
물이 사라지자 피곤이 몰려왔다.
그는 깊은 잠에 빠져들었다.

28

"보여?"

모모가 짙은 안개 속에서 재촉하며 물었다.

"그냥 강만 보여요. 냄새가 정말 지독하네요."

뤄자는 당최 모모가 뭘 하고 싶은 건지 알 수 없었다. 그녀는 혹시 모모 자신도 잘 모르는 건 아닌지 의심이 되었다.

"산은 안 보여?"

"잘 안 보여요."

"좀 더 가까이 가보자."

"너무 위험해요."

"아니야. 예전에도 와봤어."

"여기서 안개가 좀 걷히길 기다리면 안 돼요?"

모모는 어쩔 수 없이 그녀의 말을 따르기로 했다. 뤄자가 안도의
한숨을 내쉬었다.

둘은 해안가에서 좀 떨어진 곳에서 계속 배회하고 있었다.

뤄자는 여전히 빨랐다. 모모는 그녀를 따라다니느라 숨이 가빴다.
뤄자가 수시로 고개를 돌려 뒤처진 그를 확인하고 기다렸다가 다시
헤엄쳤다.

"나도 아직 짝짓기 할 수 있어."

모모가 갑자기 예전에 함께 무리 생활했던 암컷 고래들을 떠올리
며 말했다. 하지만 너무 오래되어 언제인지 기억도 잘 나지 않았다.

뤄자가 한참 뒤에 대답했다.

"뭘 말하고 싶은 거예요?"

"아직도 내가 많은 일을 할 수 있다는 얘기야. 예를 들면 아직 젊은
수컷 고래랑 싸울 수 있다는 말이지."

"하지만 당신은 강으로 올라가는 걸 택했잖아요."

그녀의 말이 맞았다. 모모의 말은 앞뒤가 맞지 않았다. 둘 사이에
또다시 침묵이 흘렀다.

안개가 조금씩 걷혔다.

"산이 보여!"

모모가 소리쳤다.

"잘못 본 거예요. 저기에는 아무것도 없어요."

뤄자는 이 늙은 고래의 시력이 체력만큼이나 좋지 않다고 생각했다.

"산이 아직 안 보인다면 남쪽으로 더 가야 해."

"나는 북쪽으로 갈 거예요. 모두 이미 도착했을 거예요. 서둘러야 해요."

뤄자의 말이 끝나자 모모가 갑자기 힘을 다해 숨을 들이마시고는 머리 위로 내뿜었다. 그러고는 다시 숨을 들이쉬고 깊은 곳으로 내려갔다가 올라와 뤄자를 향해 거품을 내뿜었다.

거품 그물이 뤄자의 눈앞에 만들어져 계속 위로 올라갔다. 보통 거품 그물은 상대를 놀라게 하거나 새우나 고기 떼를 사냥할 때 만드는 것이었다. 친구나 동료 앞에서 거품 그물을 만드는 건 어릴 때나 하는 장난이었다.

무슨 뜻인지 알아챈 뤄자가 화를 내며 말했다.

"대체 강을 거슬러 올라가서 뭘 하고 싶은 거예요?"

모모가 거품 만드는 일을 멈추었다.

그는 허리를 한 번 비틀더니 뤄자 앞으로 달려가 그녀가 가는 길을

막았다. 그녀의 얼굴이 일그러졌다.

"여름에 북극 해역에서 다시 너를 만날 수 있으면 좋겠다."

하지만 뤄자는 그의 말을 무시하고 재빨리 그 자리를 떠났다.

"정말 빠르네."

모모가 점점 멀어져가는 뤄자의 뒷모습을 보며 중얼거렸다.

29

모모는 계속 물거품을 마셨다가 내뱉길 반복했다. 그럴 때마다 몸에 남아 있던 힘이 빠져나가는 것 같았다. 긴장감에 온몸을 떨던 그가 정신을 차렸다. 내뿜은 물이 전부 진흙 위로 뿌려지고 있다는 사실을 발견했기 때문이다. 차갑고 텅 빈 진흙이었다. 그는 자신이 있는 곳이 늪지라는 걸 알아차리고는 한동안 넋을 잃고 멍하니 있었다.

모모는 뤄자와 고래 무리를 떠올리고는 자신이 진정 원하는 게 무엇인지 생각해보았다. 전투와 짝짓기, 번식과 다음 세대 양육, 집단 사냥과 합창, 그리고 물놀이……

'정말 그게 전부일까?'

고래라면 당연하게 해야 할 일이 그에게는 짐처럼 느껴졌다. 그는 정말로 혼자 노래하고 혼자 사냥하고 혼자 달빛 아래 유유히 헤엄치며 사는 게 좋았다. 하지만 다른 고래는 모두 그런 자신의 행동을 비웃고 무시했다. 매년 무리를 따라 남쪽에서 북쪽으로 헤엄치다 보면 그는 알 수 없는 부담과 근심을 느꼈었다.

다시 숨을 내뿜었다. 운명의 순간이 다가왔다. 생의 마지막 순간이 온 것 같았다. 모모는 허리를 비틀고 꼬리를 흔들어 몸속에 남아 있던 모든 숨을 끌어 올렸다. 그러고는 몸속 장기와 그동안의 고뇌, 삶의 경험들까지 모조리 뱉어버리듯 온 힘을 다해 숨을 내뱉었다. 그러고 나자 숨구멍에는 흰색의 거품만 남았다. 온몸이 마비되었고 그렇게 기절해버렸다.

다시 정신을 차렸을 때 바다거북은 이미 사라지고 없었다.

갑자기 작은 무언가가 머리 위에 내려앉았다. 손발의 움직임이 둔한 물체가 하늘에서 날아와 머리 위에 내려앉는 소리가 들렸다. 모모는 자신의 귀를 의심했다. 갈매기인 것 같았다. 처음에는 한 마리였다가 조금 뒤 두세 마리가 날아와 앉았다. 분명 갈매기일 것이다. 갈매기들은 매번 자신이 왔다는 사실을 그렇게 요란스럽게 알렸다. 만일 갈매기가 아니라 극락조였다면 종일 머리 위에 있었다고 해도 몰랐을 것이다.

갈매기는 아무런 거리낌 없이 무례하게 이리저리 돌아다니면서 따개비를 찾았다. 갈매기들이 끊임없이 부리를 움직였다. 모모는 편안하긴 했지만 그렇다고 그렇게 유쾌하지도 않았다. 그래도 가만히 눈을 감고 갈매기들에게 음식을 제공해주었다. 전에 만났던 그 갈매기가 이 중에 있을지도 모른다는 생각이 들었기 때문이다. 그런 생각을 하고 있는데 갑자기 멀리서 더 많은 갈매기 떼가 요란한 소리를 내며 날아왔다.

점점 더 많은 갈매기가 떼거리로 날아와 모모의 머리 위에 앉아 따개비를 따 먹었다. 겨울이 된 이후 갈매기들은 이토록 풍부하고 신선한 따개비를 먹어본 적이 없었다. 신이 난 갈매기들이 너도나도 소리를 내는 탓에 늪지가 시장처럼 시끌벅적해졌다.

모모는 애초 자신이 생각했던 장엄한 의식이 돌연 이런 광경으로 변해버려 마음이 상했다. 그는 살면서 지금처럼 갈매기를 미워해본 적이 없었다.

30

날이 밝자 샤오허는 강가에 앉아 나뭇가지로 축구화에 묻은 진흙을 떼어냈다. 그러자 축구화는 얼마 전에 샀던 그 모습으로 돌아왔다.

예쌍도 강가에서 고무보트를 정리하고 있었다. 천췬은 필요한 걸사러 나갔다 온다고 했다. 나간 김에 아침 식사로 먹을 것도 사 온다고 했다.

"할아버지, 할아버지는 왜 꼭 우리 할아버지랑 시합을 하려고 해요?"

"글쎄다. 우린 서로 절대 지려고 하지 않아서?"

"무태장어는 어떤 고기예요?"

"강에서 가장 흉악하고 가장 큰 물고기지. 겨울에는 잘 안 나타나. 특히 큰 놈들은 더."

"근데 왜 진짜 미끼를 안 써요?"

"가짜로 해야 도전적이잖니. 물고기들에게 해도 입히지 않고."

샤오허는 여전히 궁금한 게 많았다.

"우리가 왜 무태장어를 선택했는지 아니? 그놈들이 엄청 똑똑해서 잡기가 어렵거든. 그래서 미끼를 풀기 전에 물의 흐름이나 미끼의 냄새, 색깔 등등 여러 가지를 고려해야 한단다. 이게 굉장히 어려운 학문이라서 많은 공을 들여야 해. 일본인들이 특히 이런 걸 좋아하는데, 그들 사이에서는 무태장어 낚시를 가장 어려우면서도 도전적인 걸로 쳐주지. 예전에는 우리도 팀을 만들어서 일본 팀하고 경쟁하기도 했어."

"우리가 이겼나요?"

"처음에는 그랬지. 하지만 나중에는 모두 졌어."

"왜요?"

"우리는 항상 같은 방식으로만 했거든. 경험을 바탕으로. 하지만 일본 팀은 계속 새로운 걸 연구해서 새로운 낚시법을 개발했어."

"그게 할아버지가 우리 할아버지와 시합하는 거랑 무슨 상관이 있어요?"

"너희 할아버지가 바로 일본 팀이 하던 방법으로 낚시하거든."

"그럼 우리 할아버지가 이기겠네요?"

샤오허가 안심하며 물었다.

"응, 맞아. 그런데 이번에는……."

예쌍이 샤오허의 모자에 달아주었던 배지가 사라진 것을 발견했다.

"개학이 언제냐?"

예쌍이 무의식적으로 샤오허의 아픈 곳을 찔렀다.

샤오허는 대답하지 않고 고개를 떨구었다. 신발 끈이 풀려 있어서 쭈그려 앉아 고쳐 맸다.

샤오허가 아무런 대답을 하지 않자 예쌍도 더는 묻지 않았다.

그때 태양이 어딘가를 비추었다. 예쌍이 그곳을 뚫어지게 쳐다보았다. 고무보트를 세워둔 위치로부터 멀리 떨어져 있는 곳에 우두커니 서 있는 자신의 컨테이너였다. 예쌍은 햇살이 쏟아지는 컨테이너를 가만히 바라보았다. 황금빛 태양 아래 군데군데 녹이 슬어 있는 컨테이너의 모습은 마치 버려진 폐허 같았다. 그는 놀란 마음을 감출 수 없었다. 자신이 사는 보금자리를 이토록 침착하고 자세하게 본 것은 처음이었기 때문이다.

"할아버지, 저 컨테이너는 예전에 군용 컨테이너로 사용한 거죠?"

갑자기 샤오허가 물었다.

"아니야. 그냥 일반 컨테이너였어."

"그런데 왜 저런 색으로 칠해져 있어요?"

"일종의 위장이지! 늪지에서 눈에 띄지 않으려고."

"꼭 전쟁 같네요."

"전쟁?"

예쌍은 순간 멍해졌다. 최근 몇 년간 늪지에서의 전쟁 같은 생활을 떠올렸다.

요즘 들어 그는 일상생활이나 주변 환경에 불안감을 많이 느꼈다. 특히 일이 있어 도시에 내려가면 사람들과 말을 섞기 싫었다. 그저 바쁘게 길을 오가는 사람들을 보기만 할 뿐인데도 마음이 불편하고 불안했다. 도시에는 사람이 너무 많고 복잡했다. 늪지에 있는 컨테이너에 돌아와야 마음 놓고 쉴 수 있었다.

"할아버지, 예전에 커닝해 본 적 있어요?"

"갑자기 웬 뚱딴지같은 소리냐?"

"그냥 궁금해서요."

"우리 때는 커닝하면 바로 퇴학이었어."

"아……."

샤오허는 말문이 막혔다.

그때 천쥔이 돌아왔다. 그는 조금 전 낚시 도구를 집에 놓고 왔다는 핑계를 대고 시내에 있는 가게에 가서 도구를 사 왔다. 하지만 시내에 나간 진짜 이유는 몰래 초콜릿을 사기 위해서였다. 정말 오랜만에 사보는 거라서 포장이 예전하고 많이 달라졌다는 걸 알지 못했다. 결국, 하나씩 낱개로 포장된 걸 팔지 않아 샤오허가 먹던 것과 똑같은 것으로 무려 3개나 샀다.

그 길에 그는 무태장어가 오리를 잡아먹었다는 소문도 좀 알아볼 겸 시장에 들렀다. 예쌍이 한 얘기가 진짜인지 아닌지 알아보고 싶었기 때문이다. 사람들에게 듣자 하니 정말로 얼마 전에 오리 두세 마리가 갑자기 없어지는 일이 있었는데, 그게 무태장어 짓인지 아닌지는 확실히 알지 못한다고 했다.

그는 예쌍이 허풍병이 또 도져 아무렇게나 추측하고 얘기한 거라고 결론지었다. 사건의 자초지종을 알게 된 그는 그제야 마음을 놓았다.

"오늘 날씨가 정말 좋네!"

천쥔이 예쌍을 보고 걸어오며 말했다.

31

셋은 아침을 먹고 바로 출발했다.

고무보트가 갈대숲을 지나 다시 작은 섬을 향해 나아갔다. 따스한 햇볕이 강물 위로 쏟아졌다. 오늘따라 물새들이 유난히 많이 날아다녔다. 갈대숲 곳곳에서 바쁘게 울어대는 새들의 울음소리가 들렸다. 벌써 봄이 온 것 같았다.

예쌍이 뱃머리에서 노를 젓다가 물풀 사이에서 하늘거리며 날아다니는 나비를 손으로 가리켰다.

"배추흰나비가 벌써 나오다니!"

"배추흰나비."

샤오허가 자기도 모르게 예쌍을 따라 중얼거렸다.

"오늘따라 늪지가 시끌벅적하네!"

예쌍이 힘 있게 앞을 향해 노를 저었다.

"그러게."

"할아버지, 혹시 다른 동물들은 다 아는데 우리만 모르는 것도 있어?"

샤오허가 천쿤에게 물었다.

"그게 무슨 소리냐?"

샤오허는 자기도 모르겠다는 듯 어깨를 한 번 으쓱였다. 그는 어제 꿈에서 보았던 내용을 정확히 어떻게 설명해야 좋을지 몰랐다.

"샤오허, 집에 안 가고 싶니?"

배는 바람을 거슬러 앞으로 가고 있었다. 그 탓에 예쌍이 한 말이 바람에 묻히고 말았다.

샤오허는 예쌍의 질문을 듣지 못했다.

"다음번에도 할아버지를 따라올 테냐?"

예쌍이 계속 물었다.

이번에도 듣지 못한 샤오허가 섬 쪽을 가리키며 말했다.

"저기 새가 엄청 많이 날아다녀요."

천쿤이 망원경을 들어 한동안 샤오허가 가리킨 곳을 보더니 조용히 혼잣말로 중얼거렸다.

"저렇게 많은 갈매기가 여기 모일 리가 없는데……. 저 밑에 뭔가 맛있는 게 있나 보다."

"분명 무태장어가 내 오리를 물었을 거야."

예쌍이 기대에 찬 목소리로 말하며 망원경을 집어 올렸다. 그는 흥분에 가득 차서 계속 그 자리를 돌고 있는 갈매기들의 움직임에 주의를 기울였다.

고무보트는 나무 미끼를 풀어놓았던 뱃길을 향해 나아갔다. 갈매기 떼가 바로 그들 앞쪽에 모여 있었다. 이 이상한 광경을 보며 샤오허조차도 무언가 심상치 않은 것이 나타났다는 예감이 들었다. 고무보트의 움직임이 빨라졌다. 무성한 수풀을 손으로 젖히며 갈대숲을 지나 뱃길에 도착하자 상상도 못 했던 광경이 눈앞에 펼쳐졌다. 나무쥐와 오리는 그림자조차 보이지 않았다. 긴 갈대들은 양옆으로 힘없이 꺾여 있었다. 안쪽으로 더 깊이 들어가 보니 산과 같은 거대한 검은색의 고래가 바닥에 누워 있었다.

32

바이야가 다시 모모를 찾아왔을 때 두 고래는 서로를 알아보지 못할 정도로 많이 늙어 있었다.

"그때 강에서 나온 뒤로 한동안 해안 가까이 가는 게 두려웠었어."

모모가 말했다.

"맞아. 용기가 많이 줄었지."

젊었던 예전의 모습은 온데간데없이 사라진 바이야가 천천히 꼬리를 흔들며 말했다. 이제는 입가에도 따개비들이 붙어 있었다.

모모가 바이야의 말에 동의하며 고개를 끄덕였다.

"지혜도 그만큼 줄었어."

곧이어 모모가 바이야에게 그동안 어디를 갔었는지 물었다. 바이야는 웃기만 할 뿐 구체적으로 대답하지 않았다. 그는 그저 가야 할

곳은 모두 가봤다는 말만 했다.

　모모는 바이야의 말이 무슨 뜻인지 잘 몰랐다. 그는 바이야처럼 새로운 것을 찾기 좋아하는 고래라면 그때 이후 더 큰 일들을 많이 하지 않았겠냐는 생각을 했다.

　"다른 수컷 고래랑 멋지게 싸웠던 경험담은 없어?"

　모모가 억지로 웃으며 물었다.

　"너보다 무서운 상대는 없었어."

　바이야가 슬픈 미소로 화답했다.

　"또다시 강에 갈 거야?"

　모모가 물었다.

　바이야가 깊은숨을 내뱉으며 말했다.

　"응. 다시 갈 것 같아."

　"왜?"

　"나도 몰라. 그냥 죽기 전에 한 번은 더 가봐야 마음이 놓일 것 같아."

　바이야가 혼잣말로 다시 중얼거렸다.

　"그 풀들과 햇볕이 그리워."

　모모는 아무런 대꾸도 하지 않았다. 그날 늪에 빠졌던 공포가 되살아났다.

"비록 거기에서는 아주 잠깐 머물렀지만, 그 뒤로 바다에서의 삶이 아무런 의미가 없는 것처럼 느껴졌어."

바이야는 그러고 나서 다시 자기가 했던 말을 고쳐 말했다.

"아니지. 그곳에 다녀왔기 때문에 바다에서의 삶이 의미가 있는 거지."

모모는 그 일에 관해 그만 얘기하고 싶었지만 바이야는 계속 신이 나서 말했다.

"그거 알아? 그때 강에서 돌아온 이후 더 남쪽의 열대 해역으로 내려가고 싶었어."

따개비로 뒤덮여 눈꺼풀이 축 늘어졌지만, 이때만큼은 바이야의 눈에서 빛이 났다.

"근데 왜 안 갔어?"

"글쎄, 나도 잘 모르겠어. 체력이 없어서 그런 건 아니야. 아마도 나이가 들어서 그런 것 같아. 어느 날 갑자기 바다에서 떠나는 게 무서워졌어."

바이야는 자신이 느낀 감정을 어떤 말로 설명해야 할지 몰랐다. 그저 바다가 점점 더 커지고 자신이 그곳에 갇혀버린 것 같은 느낌이었다. 바이야는 자신이 그런 느낌에 묶여버리는 게 무서웠다. 그는 더 늦기

전에 과거에 자신이 지나온 길을 다시 가봐야겠다고 생각하고 있었다.

"차라리 예전에 경험했던 곳에서 사라지는 게 나아. 이제는 알 수 없는 미래에 모험을 걸고 싶지 않아."

모모는 그렇게 말하는 바이야의 온몸이 떨리고 있는 걸 보았다. 바이야의 몸이 점점 작아지는 듯했다. 심지어 너무 작아 이제 막 태어난 새끼 고래 같았다. 그는 그런 모습의 바이야를 상상해본 적이 없었다.

솔직하게 털어놓는 바이야 앞에서 모모는 속마음을 털어놓지 않았다. 너무 오랜 시간 떨어져 있었기에 마음이 잘 열리지 않았다.

바이야의 솔직한 고백 이후 모모는 오히려 그가 더 멀게 느껴졌다. 어색한 만남 뒤에 둘은 서로 가슴지느러미를 스쳐 인사하고는 다시 눈을 마주치지 않았다. 모모가 바이야에게 물어보고 싶은 것이 있어서 고개를 돌렸을 때는 이미 사라지고 없었다.

다음 날 모모는 어제 바이야를 만났던 곳에 가서 그를 찾아다녔지만 만날 수 없었다. 다른 고래들에게 그의 행방을 물었으나 아는 고래가 없었다. 다른 곳에서도 그의 소식을 들을 수 없는 것은 마찬가지였다. 하지만 모모는 꼭 바이야에게 물어보고 싶은 것이 있었다.

바이야는 대체 그때 뭘 말하고 싶었던 걸까? 어쩌면 바이야조차

답을 모를 수도 있다. 설령 말하고 싶었던 것이 있었다고 해도 이제 바이야나 자신에게는 별 의미가 없다. 중요한 건 지금 그가 살아 있는가 하는 것이었다. 바이야는 왜 하필 지금 자신을 다시 찾아온 걸까? 혹시 그때 강을 역류해 갔던 것과 관련이 있는 걸까?

모모는 빨리 바이야를 찾고 싶었다. 이건 늙은 두 고래가 얼굴을 마주하며 직접 대화로 풀어야 할 문제였다. 특히나 둘은 젊은 시절 함께 강을 거슬러 올라갔던 특별한 경험을 했던 사이 아닌가. 북쪽으로 회유하는 시간이 점점 가까워졌지만 바이야의 모습은 보이지 않았다.

오랫동안 생각에 잠긴 모모는 번뜩 깨달았다. 바이야가 어디로 갔는지 알 수 있을 것 같았다.

그길로 모모는 하루에 30해리도 헤엄치기 버거운 몸을 이끌고 그때 거슬러 올라갔던 강을 향해 헤엄치기 시작했다.

일주일이 지나서 그는 강어귀에 도착했다. 저 멀리 보이는 모래사장에 검은 그림자가 누워 있었다. 그가 천천히 그림자를 향해 가까이 다가갔다. 바이야였다.

그 뒤로 모모는 마지막으로 바이야와 나누었던 대화를 생각하고 또 생각했다. 바이야는 그날 대체 무슨 말이 하고 싶어서 자신을 찾아왔던 걸까.

바이야가 천천히 조심스럽게 그에게 다가왔다.
젊은 시절 함께 강을 거슬러 올라갔던 두 고래는 조용히
서로의 가슴지느러미를 스치며 그때의 모험을 떠올렸다.
늙은 바이야의 몸은 점점 작아져
마치 이제 막 태어난 새끼 고래 같았다.

33

예쌍과 천쿤은 오랫동안 바깥을 돌아다니며 이런저런 광경을 많이 목격했었다. 높이 솟은 험준한 산맥과 하늘에 구멍이라도 뚫린 듯 쏟아붓는 폭우, 측백나무 끝에 걸린 구름 등을 보며 자연의 위대함과 장엄함에 감탄을 금치 못했었다. 하지만 그 모든 것은 어느 정도 예측이 가능했었다. 목적지가 정해져 있었고 마음의 준비를 하고 떠난 여행이었기 때문이다.

그렇지만 고래를 마주한 일은 전혀 예측하지 못했던 일이었다. 그들은 이 뜻밖의 상황에서 어찌해야 할지 몰라 당황했다. 더군다나 이곳은 늪지가 아닌가.

더 중요한 건 고래가 아직 살아 있다는 사실이었다. 거대한 이 생물체는 단 한 번도 자신이 속한 적 없었던 이 공간에서 살아 숨 쉬고 있었다. 마치 지구에 떨어진 외계 생물체 같았다.

그렇다. 한 번도 이토록 거대한 바다의 포유류를 접해본 적 없는 그들로서는 고래가 마치 외계 행성에서 날아온 기괴한 생명체처럼 느껴졌다. 이건 꿈이 아니었다. 하지만 그들은 마치 울적하고 어두운 꿈을 꾸고 있는 듯했다. 거대한 암석이 가슴을 누르는 것 같은 답답함이 그들의 가슴을 짓눌렀다. 숨을 제대로 쉴 수 없었다.

"정말 큰 물고기다!"

샤오허가 먼저 소리쳤다.

샤오허 역시 천쿤과 예쌍처럼 그 자리에 멍하니 서 있을 수밖에 없었다. 눈앞에 벌어진 일이 사실이라는 것을 믿기 힘들었다. 이어서 거대한 생물체에서 나온 역겨운 비린내가 코를 찔렀다. 그는 그 자리에 꼼짝 않고 서서 손으로 코를 비틀어 막았다.

"물고기가 아니야. 혹등고래야."

기다란 가슴지느러미를 보고 예쌍은 단번에 그것이 혹등고래라는 것을 알아차렸다. 하지만 한참이 지난 뒤에야 평정심을 되찾고 입을 열 수 있었다.

조금 뒤 예쌍이 조심스럽게 늪의 단단한 부분을 밟고 고래를 향해 앞으로 갔다. 그는 고래 몸에 퍼져 있는 따개비를 자세히 관찰했다.

심한 비린내가 코를 찔렀다.

"어떻게 이런 곳에 고래가 나타날 수 있지? 예전에 돌고래나 상어가 나타났던 적은 있었지만 고래가 나타났었다는 기록은 없었는데."

마침내 그가 고래 바로 앞에 다다랐다.

"나이가 많아 보이네."

마음을 진정시키고 정신을 차렸지만 천쥔의 귀에는 아무 소리도 들리지 않았다. 고래의 존재 따위는 안중에도 없었다. 그는 앞으로 걸어가 고래 주위를 한 바퀴 돌면서 계속 주변을 두리번거렸다. 자신의 나무 들쥐를 찾는 중이었다. 그는 고래 옆에 누워 있는 나무 오리를 발견하고 얼른 집어 들었다. 그러다가 발을 헛디뎌 하마터면 늪에 빠질 뻔했다. 그는 재빨리 오리를 주머니에 넣고 미끄러지지 않도록 손으로 고래를 붙들었다. 단단하고 두툼한 고래의 살결이 그대로 느껴졌다. 동시에 강철처럼 차가운 한기가 그의 손바닥에 전해졌다. 순간 전율을 느꼈다. 평소 어류를 관찰할 때 한 번도 느껴본 적 없는 느낌이었다. 그제야 그는 고래의 존재를 직시하기 시작했다. 갈대숲이 온통 스산한 분위기로 뒤덮여 있었다.

샤오허는 그런 비린내가 익숙하지 않았지만, 자신도 모르게 자꾸만 고래에게 다가갔다. 새로 산 축구화에 진흙이 잔뜩 묻었지만 그런 걸 신경 쓸 정신이 없었다. 그는 어디서 이 고래를 본 적이 있는 것 같은 느낌이 들었다. 그때 고래가 눈을 떴다가 다시 감았다.

"할아버지, 이 고래 지금 살아 있어? 방금 눈을 떴다 감았어!"

샤오허가 소리쳤다.

"그래, 살아 있단다."

천쿤은 샤오허가 축구화로 갈아 신은 걸 그제야 알아챘다.

"조심해라. 안 그랬다가는 늪에 빠져."

"천쿤, 이 고래가 어떻게 여길 들어왔다고 생각해?"

예쌍이 호기심에 가득 찬 목소리로 물었다. 그는 계속 고래를 쓰다듬으면서 고기들의 비늘을 연구하듯 고래 몸에 붙어 있는 따개비를 관찰했다. 등에 선명하게 남아 있는 한 줄기 오래된 흉터를 제외하면 고래는 다른 상처를 입거나 다친 것 같지 않았다.

천쿤은 아직도 가슴이 두근거렸다.

"천쿤, 우리 이럴 게 아니라 빨리 사람들에게 도움을 요청해야 하는 거 아닌가?"

예쌍은 뭍으로 나온 고래를 빨리 구해주지 않으면 햇볕에 몸이 팽창해 다른 고기보다 훨씬 빨리 부패할 거라는 사실을 알고 있었다.

"어민들이 알게 되면 당장 고래를 해체하고 시장에 내다 팔려고 할 거야."

드디어 이성을 되찾은 천쿤이 말했다.

"그럼 119를 불러야겠어."

119에 신고하면 정부가 그 사실을 알고 하천 수리 작업을 하느니 어쩌느니 큰소리를 치면서 외려 일을 그르칠 게 뻔했다. 천쿤은 속으로 예쌍도 그걸 바라진 않을 거라고 생각했다.

아무 말 없는 천쿤을 보고 예쌍도 대충 무슨 뜻인지 이해했다. 자기가 생각해도 별로 좋은 방법이 아닌 것 같았다.

"다른 전문가를 찾아보자!"

"대체 어디서 고래 전문가를 찾으려고?"

천쿤은 자기야말로 최적의 고래 전문가라고 생각하고 있었다.

"자네 전공은 그냥 어류잖아."

예쌍은 천쿤이 무슨 생각을 하는지 알고 있었다.

"그래. 공중이나 육지 생물을 연구하진 않지."

"조만간 다른 사람들이 발견할 거야. 설마 자네 이 고래가 죽은 다음, 자네 연구가 끝난 다음에야 사람들에게 알릴 생각은 아니지?"

"어민들도 발견하지 못할 거야. 이 섬으로 깊이 들어와 보지 않는 이상."

혹등고래 모모의 여행

"지금 자네만 이 고래를 발견한 게 아니야!"

예쌍이 목소리를 높였다.

천쥔은 예쌍의 말을 들으려 하지 않았다.

"그렇다면 내가 구할 거야!"

예쌍이 거의 소리를 지르며 말했다. 의지가 확고해 보였다.

그에 반해 천쥔은 태연한 눈빛으로 예쌍을 바라보며 조금의 여지
도 없다는 식으로 말했다.

"이런 일은 그렇게 감정적으로 처리하면 안 돼."

머리끝까지 화가 차오른 예쌍이 위협적인 말투로 받아쳤다.

"자네에게 1분의 시간을 주겠어."

"1시간을 준다고 해도 똑같아. 고무보트는 내 거야. 사람을 부르려
면 자네 혼자 헤엄쳐서 나가."

그 말을 듣고 예쌍은 할 말을 잃었다. 천쥔이 그렇게 치사한 방법
으로 나올 줄은 몰랐다.

"그대로 두는 게 가장 좋아."

천쥔이 냉정한 말투로 말하며 주변의 환경을 관찰했다.

예쌍은 폭발하기 직전이었다. 그때 갑자기 샤오허가 옆에서 소리
를 질렀다.

"왜 안 구해줘?"

깜짝 놀란 천쿤이 고개를 돌려 샤오허를 바라보았다.

더 놀란 건 예쌍이었다. 샤오허가 자신과 한편이 될 줄은 몰랐기 때문이다.

천쿤은 붉게 달아오른 얼굴로 잔뜩 화난 표정을 하고 있는 샤오허를 믿을 수 없다는 듯 쳐다보았다.

"샤오허, 이 고래는 강어귀를 지나고 좁디좁은 뱃길을 통과해서 여기에 도착한 거야. 그것도 아주 정확하게 이 늪지 안으로 들어온 거란다. 분명히 어떤 큰 결심을 하고 온 걸 거야. 그렇지 않고서는 절대 여기 이렇게 누워 있을 수 없어."

샤오허의 이해를 돕기 위해 천쿤이 조리 있게 차근차근 설명해주었다. 예전에 읽은 보고서에 따르면 고래가 뭍으로 올라오는 이유는 병이 났거나 길을 잃었거나 범고래에게 쫓겨서였다. 하지만 그렇다고 해도 다들 바다의 모래사장으로 올라가지 늪지로 들어온다는 말은 들어본 적이 없었다.

"하지만 죽어가잖아!"

샤오허가 천쿤의 말을 무시하고 계속해서 고함을 지르며 말했다.

"어쩌면 그게 고래가 원하는 걸지도 몰라."

혹등고래 모모의 여행

"그럼 자네 말은 우리가 고래의 선택을 존중해야 한다는 뜻이야?"

예쌍이 천췐의 생각은 말도 안 된다는 투로 물었다.

예쌍이 마음이 흔들려 그런 질문을 했다고 오해한 샤오허가 급히 소리쳤다.

"할아버지들 다 나빠! 이기적이야!"

천췐과 예쌍이 당황한 눈으로 샤오허를 바라봤다.

샤오허는 어제 낚시 가방에 빠졌던 나방을 떠올리며 고개를 숙이고 혼잣말로 중얼거렸다.

"아직 살아 있는데."

예쌍은 샤오허가 자기보다 더 열정적으로 천췐의 의견에 반대할 줄은 몰랐다. 뭔가를 자세히 생각한 예쌍은 천췐의 말이 일리가 있든 없든 일단 고래를 구해줘야겠다고 결심했다. 그는 그 어떤 동물도 생존해야 할 권리가 있다고 생각했다. 동물이 자기 앞에서 힘없이 죽어가는 모습을 그냥 눈 뜨고 볼 수 없었다.

"내가 이렇게 말하는 건 고래들의 습성 때문이야."

천췐이 다시 힘들게 설명했다.

하지만 샤오허의 얼굴은 계속 울상이었다.

"최근에 무리 생활에 싫증을 느낀 고래들이 뭍으로 올라온다는 연구가 나왔어."

"우리는 과학을 공부하는 사람들이야. 어떻게 그런 실증도 없는 보고서를 읽고 마음대로 추론할 수 있어?"

예쌍이 반박했다.

"내가 읽어본 자료가 자네보다 훨씬 많아!"

결국, 천쿤도 화를 냈다.

샤오허는 그들이 무슨 말을 하는지 알아들을 수 없었다. 알고 싶지도 않았다.

샤오허는 고래에게 좀 더 가까이 다가갔다. 고래가 다시 눈을 떴으면 했다. 그는 조금 전 예쌍이 하던 대로 천천히 고래를 쓰다듬었다. 다시 보니 비린내도 그렇게 역하지 않은 것 같았다. 오히려 한 생명체가 자신의 존재를 드러내는 냄새로 느껴졌다.

고래에게 조금 더 가까이 다가갔다. 조용히 귀를 기울이니 무거운 숨소리가 나지막이 들려왔다.

"샤오허, 너무 가까이 가지 말거라. 늪에 빠지지 않게 조심해."

천쿤이 샤오허 뒤에서 주의를 주었다.

그러자 샤오허가 고개를 돌려 큰 소리로 대답했다.

"고래가 바다로 돌아갈 수 있게 우리가 도와줘야 해!"

 혹등고래 모모의 여행

천쥔이 다시 한번 차근히 대답했다.

"샤오허, 어쩌면 고래는 바다로 돌아가고 싶지 않을지도 몰라. 우리가 억지로 구해주는 게 오히려 녀석을 괴롭히는 일이 될지도 모른단다."

샤오허가 듣기 싫다는 듯 다시 고래 쪽으로 고개를 돌리고 양손으로 귀를 틀어막았다.

천쥔이 인내심을 가지고 목소리를 높여 말했다.

"우리는 대자연의 질서를 존중해야 해."

"자네 입에서 그런 말이 나올 줄은 몰랐네."

예쌍이 계속 천쥔을 비꼬며 말했다.

하지만 천쥔은 예쌍의 말에 개의치 않았다.

"이 고래는 지금 자기 생의 마지막을 장식하는 중이야. 우리가 갑자기 나타난 것도 고래 입장에서는 계획 밖의 일일 거야. 그러니 모르는 척을 하는 게 맞아."

"안 돼! 구해줘야 해!"

샤오허가 분노에 찬 목소리로 소리 질렀다.

계속 화난 목소리로 소리 지르는 샤오허를 보며 천쥔은 어떻게 해야 할지 몰라 당황했다.

"천쿤, 모르는 사람도 위험에 처하면 먼저 구하고 보는 거야. 정말 자네처럼 냉혈한은 처음 봤네."

예쌍이 옆에서 그를 비꼬며 말했다.

"자네는 그때나 지금이나 달라진 게 없어. 여전히 이기적이야."

예쌍은 천쿤처럼 고집이 센 사람의 생각을 바꾸려면 이렇게 말하는 방법밖에 없다고 생각했다.

세 사람 사이에 오랫동안 침묵이 흘렀다.

"좋아."

결국, 천쿤은 자신을 비꼬는 예쌍의 말을 그냥 넘기지 못하고 포기한 듯 말했다.

"내가 무슨 말을 해도 지금 두 사람 귀에는 안 들리겠지. 그래, 어디 두 사람이 원하는 대로 해봐. 그게 고래를 힘들게 하는 일인지도 모르고."

"그래. 난 원래부터 자네가 양심 있는 사람이라고 생각했어."

천쿤의 말이 끝나자 예쌍이 기쁜 마음을 감추지 못하고 농담조로 말했다. 사실 그는 천쿤이 그렇게 빨리 마음을 바꿀 줄은 몰랐다.

샤오허도 신이 나서 어쩔 줄을 모르고 그 자리에서 방방 뛰어댔다. 새로 산 축구화가 온통 진흙투성이가 되었다. 천쿤이 그 사실을 말해

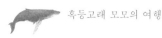

주고 싶었지만 이미 늦은 뒤였다.

"그런데, 어떻게 구해줄 건데?"

거대한 고래의 체구를 보며 천췬이 난감하다는 듯 물었다.

천췬이 예쌍을 빤히 바라봤다. 이 실질적인 문제에 대한 답을 어서 말해보라는 뜻이었다.

하지만 예쌍은 입을 열지 못했다. 그건 생각해보지 않았기 때문이다.

한참 뒤 예쌍이 무슨 깨달음을 얻은 듯 손뼉을 치며 소리쳤다.

"그래! 좋은 방법이 생각났어!"

"무슨 방법인데?"

천췬이 궁금하다는 듯 물었다.

예쌍이 일부러 천췬의 궁금증을 더 유발하며 말했다.

"이건 밀물 때 해야 해. 조금 이따가 다시 알려줄게. 지금은 먼저 여길 떠나세. 저녁에 다시 돌아오자고."

"싫어요! 저는 여기 있을 거예요!"

샤오허가 소리쳤다.

"우리가 여기 있어봤자 고래가 더 불안해할 뿐이야. 지금은 이 녀석이 조용히 안정을 취하도록 해주는 게 좋아."

예쌍은 그렇게 얘기하며 양동이 하나를 가져와 물을 떠서 고래의 몸에 부어주었다.

"제가 할래요."

샤오허가 예쌍의 손에 들린 양동이를 빼앗아 재빨리 강변으로 달려가 물을 떴다.

34

뤄자는 북쪽으로 돌아가기 전에 모모에게 물었다.

"예전에 암컷 고래들과는 어떤 식으로 대화했었어요?"

"대화?"

모모는 뤄자의 질문이 매우 이상하다고 생각했다.

"음, 간단해. 다른 수컷 고래들하고 말하는 것처럼 어떻게 적을 피해 가고, 어떻게 적을 놀라게 하고, 물놀이는 어떻게 하는 건지 알려 줬어. 노래를 들려주기도 했고."

"그리고요?"

"그리고? 강에서는 어떻게 사냥을 하고, 강바닥으로 어떻게 내려가고, 방향은 어떻게 분별하는지 알려줬었지. 하지만 나는 암컷 고래들의 호감을 얻기 위해서 싸우는 게 싫었어. 왜냐하면…… 삶에서 가장 중요한 건 그런 게 아니니까. 우리는 그런 체제에서 벗어나야 해. 그래야 진정한 나를 찾을 수 있어."

뤄자가 멀리 헤엄쳐 갔다. 모모가 화를 내고 멀리 가버리는 뤄자를 급히 뒤따라갔다.

"그렇다고 내가 능력이 없어서 그런 거라고는 생각하지 마. 난 그저 그런 게 싫어서 그런 것뿐이니까."

모모는 말을 마치고 물 위로 떠올라 공기를 내뿜고 어둠이 깔린 해안을 향해 헤엄쳤다.

이번에는 뤄자가 그를 따라왔다.

"북쪽으로 간다는 거 아니었어?"

뤄자가 가만히 고개를 끄덕였다.

"그런데 왜 안 가?"

"지금 당신 몸 상태가……."

"나는 내 몸보다 머리가 걱정이야."

모모가 우스갯소리를 하고 그 자리에서 한 바퀴 돌았다. 그러고는 새로 생각난 자신의 32번째 노래를 불렀다.

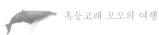

저 멀리 낯선 곳

그곳에는 새우가 있겠지

하지만 나는 거기에서 나 자신을 보았네

뤄자는 자신의 마음을 통제할 수 없었다. 그녀가 계속해서 모모를 따라갔다.

'나는 지금까지도 나 자신과 나누지 못한 대화가 많아. 그런데 어떻게 다른 고래랑 대화를 할 수 있겠어?'

모모는 속으로 생각했다. 그러고는 고개를 돌려 거품을 뿜어내 뤄자의 시선을 흩트리고 멀리멀리 헤엄쳐 갔다.

　야영지로 돌아와 잠든 샤오허는 또 꿈을 꾸었다.

　한밤중 샤오허는 혼자 늪지에 앉아 하모니카를 불고 있었다. 얼마 전에 배운 노래였다. 눈을 감고 한 마디 한 마디에 감정을 이입해 열심히 불었다. 한 번 연주를 마치고 다시 그 곡을 연주하고 또 연주했다. 천천히 눈을 떠보니 발 앞에 생쥐 두 마리가 캥거루처럼 앞발을 들고 쭈그려 앉아서 그를 바라보고 있었다. 순간 깜짝 놀랐다. 그런데 갈대숲을 보니 네다섯 개의 빨간 눈이 그를 지켜보고 있었다. 해오라기와 부엉이들이었다.

　뒤이어 갈대숲에서 뜸부기들과 토끼가 튀어나와 그를 빤히 쳐다보았다. 그가 하모니카 연주를 그만두자 그를 지켜보고 있던 모든 동물이 일제히 불안한 소리를 내며 왁자지껄하게 떠들기 시작했다. 그는 어쩔 수 없이 다시 하모니카를 들고 불기 시작했다. 하모니카 소리가 들리자 동물들이 조용해졌다.

얼마나 연주했을까. 너무 오랫동안 불어댄 탓에 양 볼이 얼얼해져 감각이 사라질 지경이었다. 그런데도 샤오허는 연주를 그만둘 수 없었다. 자신이 무슨 곡을 연주하고 있는지조차 모를 정도로 정신이 혼미해졌다. 귓가에는 그저 끊임없이 불어대는 하모니카 소리만 들릴 뿐이었다.

무태장어가 열심히 몸을 흔들며 조금씩 그의 꿈속으로 들어왔다. 머리부터 꼬리까지 이어지는 거대한 그림자는 어디서 본 듯 매우 익숙했다.

36

~~~~~~~~~~~~~~~~~~~~~~~~

컨테이너로 돌아온 예쌍이 복고풍의 오래된 턴테이블을 밖으로 꺼냈다. 그러고는 시내에서 친구를 만나 고래에게 들려줄 음반을 빌렸다.

천쿼은 텐트에서 기다리고 있었다. 어젯밤부터 지금까지 그는 제대로 잠을 자지 못했다. 원래는 낚시를 마치고 돌아와 잘 생각이었는데 잠이 다 달아나버렸다. 샤오허는 고단했는지 옆에서 코를 골며 자고 있었다.

어제까지만 해도 집에 가고 싶다고 보채던 녀석이 갑자기 변했다. 충동적인 샤오허의 모습이 그에게는 매우 뜻밖이었다. 아주 잠깐이지만 그 고래에게 애틋한 감정이 생긴 모양이었다. 천쿼은 텐트 밖으로 나와 모닥불 앞에 앉았다. 무의식적으로 손을 움직이다가 잊고 있던 것이 생각났다. 그는 주머니 속에 손을 넣어 아까 주웠던 예쌍의 나무 오리를 꺼냈다.

그는 그제야 예쌍의 손재주를 자세히 들여다볼 수 있었다. 예쌍의 실력이 정말 많이 좋아졌다는 걸 부인할 수 없었다. 예리한 관찰력뿐만 아니라 자신이 조각한 것보다 훨씬 더 많은 공을 들인 것 같았다. 그가 숨을 한 번 들이켰다. 어쩐지 이번에 예쌍이 남달리 자신 있어 하던 이유가 있었다.

그는 예쌍의 나무 오리를 보면서 조금 전의 고래를 생각해보았다. 고래를 만졌던 찰나의 감촉이 떠올랐다. 그 느낌 때문에 그는 어찌할 바를 몰랐다. 그는 고래를 처음 봐서라기보다는 죽음을 앞둔 생명체가 주는 전율을 처음 느껴봤기 때문일 것이라고 생각했다.

'처음으로 그런 광경을 봐서 이런 비이성적인 감정이 생기는 거 아닐까? 내가 냉혈한이라고?'

그는 조금 전 예쌍이 자신을 향해 했던 말을 떠올렸다.

그 순간 갑자기 잊고 있던 과거의 일이 생각났다.

십여 년 전 천쿤과 예쌍은 타이야족泰雅族의 한 노인을 따라 예전에 그가 살았던 한 마을을 찾아갔다.

약 60년 전, 노인과 마을에 살던 원주민들은 일본인에게 쫓겨나

강제로 이주해야 했다. 노인이 살았던 집은 이미 사라지고 없었다. 가끔 사냥꾼들이 와서 묵고 가는 허름한 집만 남아 있을 뿐이었다. 노인은 그곳에 있는 자신의 오랜 친구를 찾아갔다. 노인의 오랜 친구는 300살이 넘은 회백색의 커다란 배나무였다.

그들은 2박 3일 동안 무수한 산을 넘고 강을 건넜다. 마침내 탁 트인 산골짜기로 들어가니 먼 곳에 서 있는 배나무가 보였다. 나무는 펼쳐진 우산살처럼 앙상한 가지를 드러내고 외롭게 산꼭대기에 우두커니 서 있었다.

노인은 매번 올 때마다 꼭대기에 서 있는 배나무를 보면 드디어 집에 도착했다는 걸 느낄 수 있다고 했다. 그 느낌은 그 어떤 것으로도 대체할 수 없는 편안한 감정이라고 했다. 노인은 어릴 적 배나무 아래에서 친구들과 장난을 치고 놀며 성장했다고 했다. 그는 자신의 유년 시절도 배나무가 있었기 때문에 존재할 수 있었다고 말했다.

그는 젊었을 때는 집에 자주 갔다고 했다. 하지만 이제는 나이가 들고 거동이 불편해 이렇게 긴 여정이 힘들다고 했다. 아마 그때가 노인이 마지막으로 집을 찾아간 여정이었을 것이다.

그들은 산골짜기에 서서 저 멀리 서 있는 배나무를 바라보았다. 노인은 배나무에 관한 이야기를 하면서 계속 눈물을 훔쳤다. 그는 과거

혹등고래 모모의 여행

의 배나무는 지금처럼 가지만 앙상한 모습이 아니었다고 했다. 예전에는 나뭇잎이 무성해 멀리서 보면 마치 버섯 같았다고 했다.

그런데 알고 보니 최근 광산국에서 그 산을 민간 업체에 넘겼고, 그 업체는 그곳에 관광지를 개발 중이었다. 배나무가 있는 위치도 바로 그 개발 지역에 속해 있었다.

그날 노인은 천쥔과 예쌍을 데리고 산에 올라가 나무를 관찰했다. 산꼭대기는 이미 껍데기를 벗겨놓은 것처럼 볼품없었다. 떨어진 나뭇가지에 작은 배가 힘겹게 매달려 있었다.

산봉우리 주변은 막무가내로 개발 중이었다. 무분별한 개발과 벌목으로 배나무의 뿌리도 절반이나 잘려나가 있었다. 배나무는 마치 사지가 잘려나간 동물 같았다. 가까이 가서 보니 아직 청록색의 이파리 서너 개가 가지에 매달려 있었다. 하지만 대부분 이미 바싹 마른 낙엽으로 땅에 잔뜩 떨어져 있었다. 어쩌나 많이 떨어져 있는지 낙엽을 밟으니 푹신한 양탄자를 밟는 것 같은 느낌이었다. 매년 봄이 되면 가장 먼저 배나무에서 옅은 노란색의 새싹이 자라났지만, 올해는 아무런 변화가 없다고 노인은 말했다. 옆에 있는 어린 배나무마저 죽은 녹색으로 변해버린 상태였다.

이야기를 들은 예쌍은 분노에 휩싸여 천쥔의 팔을 잡고 당장 산을 내려가 이 사실을 기사로 내보내 나무를 살리자고 했다.

산에서 돌아오는 길도 꼬박 2박 3일이 걸렸다. 돌아오는 길에 천 쥔은 어떻게 나무를 구할 수 있을지 생각했다. 당연히 그는 경솔하고 거친 행동은 반대였다. 그는 사실 배나무가 곧 말라 죽을 것임을 알 고 있었다. 그러나 차마 노인에게 진실대로 말해줄 수 없었다. 그날 천쥔은 살면서 그토록 크고 웅장한 배나무는 처음 보았다. 하지만 그 곳의 공기는 이미 냉혹하고 음산했다. 그는 가까이서 바라보았던 나 무의 모습을 떠올렸다. 나무 주변에서 바람이 불어왔다. 가지들이 바 람에 흔들려 스산한 소리를 냈다. 마치 나뭇가지들에 수백 개의 눈이 달려 자신을 내려다보는 것 같아 그는 마음이 편치 않았다.

37

눈 깜짝할 사이 하늘에 먹구름이 끼더니 얼마 지나지 않아 굵은 빗방울이 요란한 소리를 내며 떨어지기 시작했다. 순식간에 늦지는 어둠에 휩싸였다.

빗소리에 놀란 샤오허가 잠시 눈을 떴다가 금세 다시 잠에 빠져들었다.

예쌍이 한 손에는 우산을, 다른 한 손에는 턴테이블과 음반을 들고 야영지에 왔다. 그 모습을 본 천췬은 예쌍의 계획이 무엇인지 단번에 알아차렸다.

천췬이 초콜릿 세 개를 샤오허의 배낭에 모두 집어넣었다.

"다행히 비가 내리네. 안 그래도 고래가 말라 죽을까 봐 걱정했는데 말이야."

예쌍이 비를 피해 텐트 안으로 들어오며 말했다.

"고래가 아직 그 자리에 있을지 모르겠군."

"그렇게 깊은 곳까지 찾아 들어온 건 절대 길을 잃은 게 아니야."

천쿤이 자신 있게 말했다.

"자네, 그 고래에게 고마워해야 해. 안 그랬으면 이번 대결에서는 분명히 나에게 졌을 거야."

예쌍이 오랫동안 사용하지 않았던 턴테이블을 살피면서 천쿤과의 낚시 대결 얘기를 꺼냈다.

천쿤은 별로 그 이야기를 하고 싶지 않았다.

"음악을 틀어서 고래를 유인하려는 생각을 하다니. 자네 머리에서 그런 아이디어가 나올 줄 몰랐어."

천쿤은 그렇게 말하며 예쌍이 가져온 음반을 살펴보았다. 하나는 바흐의 것이었고 하나는 로큰롤이었다.

"자네, 요 몇 년간은 논문을 내놓은 게 없더구먼."

천쿤의 말에 예쌍이 멈칫하더니 쓴웃음을 지으며 대답했다.

"자네는 죽을 때까지 나를 이해 못 할 거야."

혹등고래 모모의 여행

38

솔직히 말해 모모는 그 어디에서도 삶의 압박을 느낄 만한 중대한 이유를 찾을 수 없었다. 다시 말해 그가 강을 역류해 갈 만큼의 큰 결심을 하도록 몰아넣은 삶의 압박이나 스트레스가 없었다는 것이다. 그가 강을 거슬러 올라간 가장 큰 이유는 어쩌면 삶의 목표를 잃어버렸기 때문이었는지도 모른다.

바이야가 다시 강으로 갔을 때 모모는 그와 마지막으로 동행했다. 하지만 그건 우정이었다기보다는 남은 삶을 어떻게 살아내야 할지 모르는 막막함 때문이었다. 바꿔 말하자면 모모와 같은 고래가 강을 역류해 올라갈 때는 특별한 계기나 중대한 이유가 달리 필요한 게 아니라는 얘기였다.

39

내 몸은 말라버린 강바닥과 같네
가까이 있던 구름도 저 멀리 지평선에서 사라지는구나

오후가 되자 장대비가 멈추고 태양이 고개를 내밀었다.

모모는 심한 갈증에 괴로움을 느끼며 일어났다. 그는 자신이 이미
죽은 줄 알았다. 조금 전 어떤 동물이 나타난 것 같아 흐린 의식 속에
서도 불안함을 느꼈었다. 하지만 지금 주위에는 아무것도 없었다. 바
람에 흔들려 부딪치는 갈대 소리만 들려올 뿐이었다. 따뜻한 겨울이
었다. 덥진 않았지만 강한 햇볕을 오래 쐬고 있자니 정신이 혼미해졌
다. 잠이 미친 듯 쏟아졌다.

멀리 있는 산이 흐릿하게 보였다. 조금 전보다 훨씬 더 멀어진 것

같았다.

젊은 시절 그가 짝짓기 했던 암컷 고래는 많지 않았다. 수컷 혹등 고래에게는 참혹할 만큼의 수였다. 게다가 마지막엔 강으로 거슬러 오는 것을 택하다니!

그는 평생을 살면서 자신이 올바른 결정을 내렸던 적이 별로 없다는 생각을 했다. 그러자 갑자기 바이야가 원망스러운 마음이 들었다.

'설마 바이야가 일부러 나를 꾀어내서 강으로 올라오게 한 건 아닐까? 이게 한 마리 늙은 고래가 다른 늙은 고래에게 줄 수 있는 마지막 선물이었을까? 죽음을 무릅쓰면서까지?'

모모는 이런저런 말도 안 되는 생각을 하다가 그만두었다. 그는 대체 자신이 원하는 게 무엇인지 알 수 없었다.

그러다 그는 마침내 한 가지 결론을 내렸다. 자신은 다른 고래들처럼 평범하게 죽고 싶지 않았다.

그 생각을 하고 나니 왠지 모를 자부심이 느껴졌다.

하지만 조금 뒤 마음에 동요가 일어나기 시작했다.

'죽는 장소까지 다른 고래들보다 못하다니!'

마음속에 공포가 일었다.

'하지만 강으로 거슬러 올라오는 동안에는 모든 결말을 이미 다 알

고 있는 것처럼 마음이 편안했는걸?'

그러다가 그는 자신이 바다를 사무치게 그리워한다는 걸 발견했다.

'에이, 됐어. 이번 생은 그냥 이렇게 끝내자!'

모질게 마음을 먹고 나자 다시 기쁨이 가득 차올랐다.

40

달이 밝게 빛나는 청량한 겨울밤, 강에 물이 가득 차올랐다.

고무보트는 뱃길에 도착해서야 움직임을 멈췄다. 멀지 않은 늪에 누워 있는 새까만 고래의 몸이 달빛을 받아 반짝이고 있었다.

"여기서 하세."

예쌍이 노를 접어 올렸다.

"너무 멀지 않은가?"

천쥔이 물으며 필름 카메라로 사진을 찍었다.

"여기서 틀어도 늪 전체에 울려 퍼질 거야."

예쌍이 대답했다.

샤오허는 자기가 하모니카를 불 때 똑같은 말로 나무라던 천쥔이 생각나 하마터면 웃음이 나올 뻔했다.

"샤오허, 너는 여기서 턴테이블을 잘 붙들고 있거라. 최대한 움직이지 말아야 해. 말도 아끼고. 내가 음악을 틀라고 하면 그때 틀면 된다."

예쌍이 샤오허에게 말했다.

샤오허는 긴장한 얼굴로 고개를 끄덕이며 계속 늪에 누워 있는 고래를 힐끔거렸다.

"이 거리가 문제없는 거 맞나?"

천쵠이 의심스럽다는 듯 물었다.

"앞으로 좀 더 간다고 해도 별 차이 없어."

"예전에 정말 이렇게 해봤던 사람이 있어?"

예쌍이 잠시 멈칫하더니 얼버무리며 대답했다.

"예전에 외국 과학 잡지에서 읽어본 것 같아."

천쵠은 조금 걱정이 되었다. 예쌍이 그냥 길에서 주워들은 얘기를 그렇게 말하는 건 아닌지 의심되었다.

예쌍이 음반 한 장을 꺼내 턴테이블 위에 올려놓았다.

"누구 노래예요?"

샤오허가 물었다.

"바흐."

 혹등고래 모모의 여행

"바흐요?"

"유명한 독일 음악가란다."

"그 사람이 고래랑 무슨 상관이 있어요?"

"흰고래가 이 사람 음악을 엄청 좋아해서 음악을 틀기만 하면 몰려들었대. 자, 이제 틀면 된다."

샤오허가 조심스럽게 턴테이블 뚜껑을 열었다. 혹시 몰라 소리를 너무 키우지 않았다.

"볼륨을 조금 더 높여도 돼."

예쌍이 말했다.

턴테이블의 재생 바늘 밑에서 판이 천천히 돌아가기 시작했다. 바흐의 노래가 어둠 속에서 울려 퍼졌다. 갑자기 늪지에 울려 퍼지는 연주는 생뚱맞았다. 이 별난 상황이 황당하기까지 했다. 상류에서 내려온 물살이 음악을 타고 늪지로 들어갔다. 우아하게 울려 퍼지는 선율은 늪지를 조용하고 평온한 공간으로 바꾸어놓았다. 세 사람도 조금씩 적응이 되었다. 그들은 자신도 모르는 사이 배 위에 앉아 찰랑거리는 물살과 음악에 몸을 맡기고 연주에 맞춰 좌우로 머리를 까닥이고 있었다.

하지만 고래는?

그들이 긴장된 마음으로 갈대숲에 시선을 고정했다. 조금 뒤 의심이 싹트기 시작했다. 고래가 아무런 움직임을 보이지 않았기 때문이다.

"바흐 작품은 매우 심오하면서 다친 영혼을 치유하는 능력이 있어. 분명 고래도 좋아할 거야."

예쌍이 천쥔과 샤오허를 보고 설명했다.

천쥔은 줄곧 바흐의 작품은 매우 이성적이면서 순수함을 담고 있다고 생각했다. 그가 느끼기에는 결코 감정적인 연주곡이 아니었다. 그래서 바흐의 곡은 마음을 가라앉히고 냉정하게 감상해야 깨달음을 얻을 수 있는 곡이라고 생각했다. 하지만 고래에게 이런 게 통할까? 그는 상상할 수 없었다. 지금 자기 앞에 있는 예쌍은 십여 년 전보다 훨씬 생각이 없는 것 같았다.

그러자 어릴 적 운동장에서 뛰어놀기만 좋아했던 예쌍이 떠올랐다. 예쌍은 음악 동호회 활동은 거의 참여하지 않았었다. 음악적 취향이나 품위와는 거리가 먼 사람이었다.

"자네가 언제부터 그렇게 고전음악을 잘 알았나?"

"저 고래가 자네보다 아는 게 많으면 많았지 적진 않을 거야."

예쌍은 천쥔의 말에 가시가 있는 걸 알았다. 그래서 일부러 상처주는 말로 받아쳤다. 마치 천쥔과 싸울 준비를 마친 사람 같았다. 그런데 의외로 천쥔은 아무런 대답을 하지 않았다. 안색만 어두워졌을 뿐이었다.

한참이 지났는데도 갈대숲에서는 미동조차 없었다.

"포기해야 하는 거 아닌가? 다른 방법을 찾아보는 게 좋지 않겠어?"

참을성을 잃은 천쥔이 물었다.

예쌍은 고래에게서 눈을 떼지 않았다. 그는 아무 말이 없었다.

"일단 곡이 끝날 때까지 기다려보자."

샤오허가 턴테이블을 꼭 붙들고 말했다.

"만약 시간을 벌려면 뭍으로 올라가서 방법을 생각해보는 게 좋아."

천쥔이 그건 아니라는 식으로 말했다.

"하지만 고래가 이미 노래를 듣고 움직일 방법을 생각하고 있을지도 몰라."

샤오허는 갑자기 며칠 전 하모니카를 연주했던 꿈을 떠올렸다.

"샤오허, 미안하지만 그런 일은 없을 것 같구나."

천쥔이 냉담한 말투로 대답했다.

예쌍은 할아버지와 손자의 대화에 전혀 관심이 없는 듯했다.

"아니야! 저기 봐봐!"

샤오허가 갑자기 자리에서 일어나 큰 소리로 외치며 고래를 가리켰다.

천췐과 예쌍도 자리에서 일어났다. 그들은 눈앞에서 벌어지는 일을 믿을 수가 없었다. 고래가 정말 움직이고 있었기 때문이다.

고래가 움직였다. 갈대가 부러지고 그 무게에 눌려 양옆으로 쓰러지는 소리가 들려왔다. 고래는 천천히 몸을 움직여 힘겹게 고개를 뒤로 돌렸다. 그러더니 보트를 향해 출발을 알리는 기차처럼 공기를 내뿜었다. 그러고는 천천히 물속으로 들어가 보트를 향해 다가왔다.

"세상에! 진짜 이런 일이 벌어지다니! 자, 절대 당황하지 말게나. 샤오허, 턴테이블을 잘 붙들고 있어라. 이제 앞으로 나갈 거야."

예쌍이 차오르는 흥분을 억누르며 작은 소리로 말했다. 그는 떨리는 손으로 노를 한참 동안 만지다가 겨우 꽉 쥐었다.

"천췐! 뭐해? 빨리!"

예쌍이 카메라를 들고 멍하니 서 있는 천췐을 낮은 소리로 다그쳤다.

고무보트가 천천히 강 한복판을 향해 나아갔다.

혹등고래 모모의 여행

바흐의 음악이 달빛을 받아 반짝이는 강물 위로 우아하게 울려 퍼졌다. 고래는 언덕처럼 솟은 등의 혹을 내놓고 일정한 거리를 유지하며 그들 뒤를 따라왔다. 가끔 꼬리와 가슴지느러미로 가볍게 물을 내리쳤다. 그럴 때마다 은색의 물방울이 꽃다발처럼 일어났다.

"편안히 헤엄치네. 뭍에 있었던 것 같지 않아."

예쌍이 흥분과 환희에 찬 목소리로 말했다.

샤오허는 마치 고래와 함께 헤엄치는 것처럼 음악에 맞춰 고개를 앞뒤로 흔들었다. 자신이 지금 배 위에 있다는 사실은 까맣게 잊은 듯했다.

"강어귀 쪽으로 저어 가세."

예쌍이 말했다.

"너무 멀어. 불가능해."

천췬이 드디어 입을 열었다.

"고래를 생각해. 우리가 멀리 가면 저 녀석도 멀리 따라올 거야. 최소한 녀석이 정확한 방향감각을 찾을 수 있도록 도와줘야지. 그래야 강어귀의 정확한 위치를 알 수 있을 거야. 게다가 지금은 물이 빠지기 시작했어."

천췬은 뱃머리에 서 있는 예쌍의 뒷모습을 바라보았다. 학생 때처럼 지기 싫어하는 모습 그대로였다. 두 어깨는 럭비 선수처럼 한껏 위로 솟아 있었다.

고래는 깊이 잠수했다가 다시 빠른 속도로 올라왔다. 오랫동안 물을 떠나 있었기에 컨디션을 조절하는 것 같았다.

예쌍은 끊임없이 노를 저으면서 이 강이 얼마나 큰지 새삼 깨달았다. 고개를 돌려 배 위의 모습을 살폈다. 밤새 한숨도 못 잔 천쥔은 얼굴이 벌겋게 달아오른 채 화난 황소처럼 씩씩대면서 숨을 몰아쉬며 노를 젓고 있었다.

"천쥔, 조금만 더 힘을 내게. 녀석이 철교는 통과할 수 있게 우리가 도와주자고."

예쌍이 가쁜 숨을 몰아쉬며 말했다.

"샤오허, 물 한 잔만 따라다오."

"자네나 신경 써. 나는 상관 말고."

천쥔은 헉헉대면서도 지지 않고 말했다.

샤오허는 천쥔에게도 물을 따라주고 싶어 쳐다보았다.

천쥔이 괜찮다는 듯 고개를 저었다.

사실 예쌍도 이미 팔다리에 힘이 다 빠져버렸다. 노를 젓고는 있었지만 노 젓는 손이 이미 자기 것이 아닌 것 같았다. 그가 맹그로브숲의 뿌리가 물 위로 드러나는 것을 보고 소리쳤다.

"큰일 났다! 물이 너무 빨리 빠지고 있어. 서두르지 않으면 고래가 바다로 못 빠져나갈 거야!"

이어서 연주도 끝이 났다.

"천쥔, 리듬이 빠른 노래로 바꿔 틀면 어떨까?"

천쥔은 너무 힘들어 말할 기운도 없었다.

"샤오허, 노래를 바꿔 틀거라. 고래가 더 빨리 헤엄치는지 보자. 시간이 없어."

천쥔이 힘겹게 말했다.

"응!"

흥분에 가득 찬 샤오허가 재빨리 바흐의 음반을 빼고 로큰롤 음반으로 갈아 끼웠다. 강물 위로 격렬하고 빠른 메탈 음이 울려 퍼지기 시작했다. 조금 전 노래보다 훨씬 더 빠른 속도로 퍼져나갔다.

그런데 돌연 고래가 움직임을 멈추었다. 그 자리에 서서 앞으로 나아갈 기미를 보이지 않았다.

"로큰롤은 싫어하나 봐요. 바흐가 좋은가 봐요."

샤오허가 큰 소리로 외치며 당황해서 자리에서 일어났다. 그 바람에 배가 뒤집어질 뻔했다. 그는 천쥔과 예쌍의 반응을 기다리지도 않고 바흐의 곡으로 다시 갈아 끼웠다.

하지만 바흐의 노래를 듣고 나자 고래의 모습이 보이지 않았다.

41

모모는 강바닥까지 깊이 들어갔다가 다시 물 위로 올라와 물거품을 내뱉어 밤새 소모했던 체력을 보충했다. 그제야 강 밖에서 은은하게 풍겨오는 헤이후*의 냄새를 맡을 수 있었다. 따개비들까지 이 냄새를 맡고 불안하게 움직였다.

'이 냄새가 고래들을 빙산이나 새우가 있는 곳으로 데려가는 거야.'

미더가 했던 말이 떠올랐다.

헤이후, 작은곰자리, 산은 고래의 영원한 친구라고 모모는 생각했다.

'그럼 따개비는? 어릴 때부터 죽을 때까지 함께하는 따개비는 친

---

* 헤이후黑湖는 바이후白湖와 작은 개울로 연결되어 있으며, 면적은 약 1만 제곱미터이고 우기에는 수량이 2만 세제곱미터에 달한다. 사방이 산으로 둘러싸여 있는데 산들이 검은 암석으로 되어 있어 물에 비치면 검은색을 띤다 하여 현재의 명칭이 붙여졌다.

구일까, 적일까?'

그는 대답하지 못했다.

그때 갑자기 배가 출발할 때 나는 소리와 비슷한 소음이 들려왔다. 그는 본능적으로 잠수했다. 오랜만에 물에 들어와서 그런지 매우 편안했다. 그렇게 강바닥에 계속 머무르고 싶었다.

다시 물 위에서 우아하고 평온한 소리가 들려왔다. 마음이 편해지는 소리였다. 모모는 엄마 미더와 함께했던 나날들을 떠올렸다. 미더는 그를 높이 들어 물 위로 올려주고는 했었다. 그녀는 다른 고래들과 노래를 부르기도 했었고 물놀이를 하기도 했었다. 고래들과 거품 그물을 만들어 새우를 사냥하기도 했었다. 그는 자신과 시간을 함께했던 고래들을 하나씩 떠올렸다. 미더, 뤄자, 바이야, 짝짓기 했던 암컷 고래들, 그리고 자신의 후대 고래까지. 모두들 빙산이 있는 차가운 해안에 모여 있을 것이다. 그는 흥분에 차올라 흥얼거리며 물 위에서 들려오는 노래에 화답하기 시작했다.

빙산의 여행이 시작되면
우리는 그곳을 찾아가네
우리의 경험과 지혜를 우리네 아들딸에게 심어주려

혹등고래 모모의 여행

42

셋은 보트 위에서 한참을 기다렸다. 갑자기 보트 바닥에 진동이 울렸다. 예쌍이 큰 소리로 말했다.

"들었나? 고래가 밑에서 노래를 부르고 있어!"

"말도 안 돼."

기적처럼 놀라운 상황에서 천쿤이 조용히 혼잣말을 했다. 긴장한 탓에 자꾸만 땀이 흘렀다. 그는 자신도 모르게 주머니에 손을 넣어 나무 오리를 만지작거렸다. 그리고 그것을 예쌍에게 돌려주려고 했다.

다시 수면이 고요해졌다. 천쿤은 잠시 얼이 빠졌다가 나무 오리를 도로 주머니에 집어넣었다.

초조해진 세 사람은 말 한마디 꺼내지 못하고 다시 물 위로 어떤 움직임이든 나타나길 바라고 있었다. 바흐의 연주곡이 일렁이는 물

물 위에서 우아하고 평온한 소리가 들려왔다.
정말로 편안한 소리였다.
모모는 어릴 적 엄마와 함께했던 시절을 떠올렸다.
그녀는 그를 높이 들어 물 위로 올려주곤 했었다.

모모는 흥분에 차올라 흥얼거리며
물 위에서 들려오는 노래에 화답하기 시작했다.
"빙산의 여행이 시작되면 우리는 그곳을 찾아가네…."

결을 따라 잔잔히 울려 퍼졌다.

그들은 조용히 기다렸다. 그러자 얼마 후 고래가 다시 큰 소리를 내며 물 위로 올라와 공기를 내뿜었다.

천쥔과 예쌍이 재빨리 강어귀를 향해 노를 저었다.

하지만 고래는 아까처럼 고무보트를 따라오지 않았다.

둘은 급히 노 젓기를 멈추고 고래의 움직임을 살폈다.

보트가 멈추자 고래는 천천히 고무보트 주위를 돌기 시작했다.

세 사람은 아무 말도 하지 않고 고래의 사소한 행동 하나하나에 온 정신을 집중했다.

고래는 두세 바퀴를 돌더니 피곤함에 지친 듯 조용히 물 위에 떠 있었다. 가슴지느러미를 더는 움직이지 않았다.

샤오허가 초조한 마음에 음악 소리를 키웠다. 하지만 고래는 마치 하나의 섬처럼 그 자리에 서서 움직이지 않았다.

"왜 저래요?"

샤오허가 긴장한 목소리로 물었다.

천쥔이 자신도 모르겠다는 듯 고개를 가로저었다. 마음속으로는 아마도 너무 지쳐 노 저을 힘이 없는 자신처럼 체력이 고갈되어 그런 모양이라고 생각했다.

"다친 거 아니에요?"

샤오허가 고개를 돌려 예쌍에게 물었다.

예쌍은 어떻게 대답해야 좋을지 몰랐다. 그는 고래에게서 마치 오 랫동안 어떤 일을 지켜보던 사람이 이제는 절망을 느끼고 마지못해 그 일을 완성하는 듯한 느낌을 받았다.

천췬과 예쌍이 미간을 찌푸리고 근심 어린 표정을 하고 있자 샤오 허는 직감적으로 무언가 잘못되었다는 걸 느꼈다. 그가 고래를 재촉 하며 소리 질렀다.

"빨리 헤엄쳐! 빨리 강어귀로 가란 말이야! 이 멍청아!"

마음이 급해진 샤오허가 허둥지둥하며 자리에서 일어나더니 쓰고 있던 모자를 고래 쪽으로 던졌다. 이어서 주머니에 있던 장난감 총도 꺼내 던져버렸다. 하지만 성에 차지 않았는지 배에 있는 물건을 손에 잡히는 대로 마구 집어 던졌다. 예쌍이 재빨리 턴테이블을 가로챘다. 던질 만한 물건이 보이지 않자 샤오허는 노를 잡고 수면을 내리치며 어떻게든 고래가 움직이게 해보려고 애를 썼다.

그 모습을 보고 놀란 천췬이 샤오허를 말리려고 허둥대며 자리에 서 일어났다. 하지만 중심을 제대로 잡지 못하고 짧은 비명과 함께 비틀대더니 목에 걸고 있던 카메라를 물에 빠뜨리고 말았다.

그래도 다행히 물에 빠지는 일은 면할 수 있었다. 뱃머리에 있던 예쌍이 재빨리 천췬에게 달려가 간신히 그를 잡아서 보트 위로 올려놨기 때문이다. 하지만 배 양쪽에 걸어놨던 노 두 개가 물살에 떠내려가고 있었다.

샤오허는 계속 조급한 마음에 고래를 향해 힘껏 소리를 질러댔다.

그때 강물이 튀어 온몸이 흠뻑 젖어버린 천췬이 추위에 바들바들 떨면서 손가락으로 고래를 가리켰다.

"움직인다!"

샤오허는 그제야 안정을 되찾고 조용해졌다. 강 전체가 다시 쥐 죽은 듯 조용해졌다.

하지만 세 사람은 어안이 벙벙했다. 고래가 반대 방향을 향해 헤엄쳐 가는 것이 아닌가.

고래는 다시 늪으로 들어가는 것 같았다. 사람으로서는 도저히 이해할 수 없는 이유가 있는 듯했다.

'정말 고래가 늪으로 다시 올라갈까?'

샤오허는 문득 고래를 그냥 두어야 한다고 했던 천췬의 말이 떠올랐다. 돌아오라고 소리 지르고 싶었지만, 당최 입이 떨어지지 않았다.

 혹등고래 모모의 여행

강 한복판에는 고무보트만 덩그러니 남아 물살을 따라 흘러내려 갔다. 고래는 점점 더 멀어졌다. 정신을 차리고 보니 강가에 다시 안개가 내려앉고 있었다. 결국, 고래는 안개 속으로 사라졌다.

섬 전체가 안개에 휩싸였다. 샤오허는 다시 갈대들이 부러지고 옆으로 꺾이는 소리와 함께 고래가 마지막으로 공기를 내뿜는 소리를 들은 것 같았다.

예쌍이 조용히 샤오허에게 다가가 어깨를 두드렸다. 그러고는 잠긴 목소리로 말했다.

"돌아갔구나."

43

대체 마지막에 어떤 생각이 들어서 다시 늪으로 올라왔을까? 모모
는 대답할 수 없었다. 그저 너무 피곤해서 빨리 쉬고 싶었을 뿐이었
다. 그냥 빨리 자리를 찾아서 눕고 싶었다. 더 큰 바다로 들어가고 싶
었다.

그는 다시 늪지를 향해 천천히 헤엄쳐 들어갔다. 전보다 훨씬 순조
롭고 평온했다.

거기서 꿈을 꾸었다. 꿈에서 그는 바이야와 함께 더운 열대 해역을
향해 모험하고 있었다. 지금까지 그곳에 다녀온 혹등고래는 아무도
없었다. 둘은 더운 해변의 모래사장에서 햇볕을 쬤다. 옆으로는 산봉
우리가 높이 솟아 있었다. 갈매기들도 날아다녔다.

수많은 갈매기들이 날아와 그들의 몸에 내려앉아 신나게 따개비

를 쪼아 먹었다.

정말 오랜만에 꿈을 꾸었다. 잠에서 깨어났을 때는 여전히 달이 환하게 빛나고 있었다.

멀리서 들려오는 울음과 웃음소리,

그들의 삶도 따개비와 같구나

하지만 지금 나와 함께 누워 있는 건 오로지 저기 솟은 산뿐이네

모모가 조용히 읊조렸다.

엄마는 물거품처럼 사라졌다.
모모는 너무너무 피곤했다.
빨리 쉬고 싶었다.

더 큰 바다로 들어가고 싶었다.

44

"강물이 점점 더러워지는 거 같아!"

천쿤은 온몸이 간지러웠다.

"자네가 강물을 원망할 줄이야."

예쌍이 말했다.

강 위로 짙은 안개가 내려앉았다.

옷이 모두 젖은 천쿤이 온몸을 계속 떨면서 끊임없이 재채기하며 말했다.

"다른 사람이 녀석을 발견할 때는 유골만 남아 있으면 좋겠어."

그러고는 작은 소리로 중얼거렸다.

"녀석과 교감했던 게 참 좋았어……. 꿈을 꾼 것 같군."

고무보트는 하염없이 물살에 이끌려 떠내려갔다.

지친 샤오허는 보트에 엎드린 채로 잠이 들었다.

그리고 또다시 꿈을 꾸었다. 꿈에서 그는 파란색 교복을 입고 자전거를 타고 친구들과 함께 길을 건너고 있었다. 국기 게양식 전에 학교에 도착하려고 페달 밟는 속도를 올렸다.

"여기가 어디쯤인가?"

천쵄이 물었다.

"아마 강어귀에 다 왔을 거야."

예쌍이 대답했다.

"그래."

천쵄 역시 피곤함에 절어 꾸벅꾸벅 졸고 있었다.

"큰일 났다! 고양이 밥을 안 주고 왔네!"

예쌍이 갑자기 생각난 듯 말했다.

멀리 안개 속으로 검은색의 그림자가 나타났다 사라졌다. 천쵄은 또 고래가 나타난 줄 알고 깜짝 놀랐다.

"그나저나 우리 대결은 언제 다시 하지?"

예쌍이 웃으며 물었다.

천쵄이 주머니를 만지작거렸다. 나무 오리가 만져지지 않았다. 따뜻한 홍차 한 잔이 간절했다. 초콜릿도 먹고 싶었다.

"시간 있으면 자네도 우리 팀에 들어와."

천쿼는 결국 잠이 들었다.

잠시 후 보트가 강어귀에 도착했다. 강가에는 상류에서 떠내려온 커다란 편백나무가 누워 있었다. 마치 고래 한 마리가 누워 있는 것 같았다. 세 사람은 나무 옆에 앉아 불을 지피고 해가 뜨기를 기다렸다. 짙은 안개가 서서히 걷히기 시작하더니 울적하고 텅 빈 한겨울의 해안이 모습을 드러냈다. 갈매기 떼가 아주 멀리서 시끄럽게 울어대며 날아오고 있었다.

내 가슴에 아직도 남아 있는 혹등고래

'혹등'은 일본 에도시대에 시각장애인을 낮춰 부르던 일종의 계급 용어였다. 그리고 혹등고래는 볼록 솟은 등 부분이 당시 비파를 메고 다니던 시각장애인들의 모습과 비슷하다고 해서 붙여진 이름이다. 대만은 최근 들어 라틴어 학문명 'Megaptera novaeangliae'에 근거해 '큰날개고래大翅鯨'라는 중국어 명칭을 따로 붙여주었다.

넓고 긴 가슴지느러미 덕분에 혹등고래들은 날개를 펴고 하늘하 늘 날아다니는 나비처럼 우아하게 물속을 날아다닌다. 거기에 뛰어 난 노래 솜씨와 점프 실력, 지느러미 추켜올리기와 같은 특별한 재능 도 갖추고 있다. 이런 특징 때문인지는 몰라도 내게 혹등고래는 고래 중에서도 훌륭한 시인이요 예술가처럼 느껴진다.

하지만 역시 낭만에 젖은 내 감성은 날마다 더해지는 연구 결과를 따라가지 못한다. 출간된 지 20년이 넘은 이 동물소설을 읽다 보니 고쳐야 할 곳이 한두 군데가 아니라는 잔인한 사실을 발견하고야 말았다. 다년간의 연구 끝에 해양 포유류 학자들은 혹등고래가 습관적으로 하는 행동이 여러 개 있다는 것을 발견했다. 그래서 소설의 큰 틀과 구조를 건드리지 않는 선에서 과거 문장이 미흡했던 부분을 수정할 수밖에 없었다. 마치 오랫동안 항구에 묶여 있던 낡은 전함을 수리하는 사람처럼 나는 이 배의 장비와 기기를 어떻게 수리하고 오물을 제거해 다시 기름을 넣고 순조롭게 출항시킬 것인지 고민했다.

고민한 결과 텍스트와 더불어 고래의 모습을 그림으로 담아 또 다른 신선함을 더하기로 했다. 점프하는 고래의 모습과 지느러미를 가지고 노는 모습, 새끼 고래와의 관계나 뭍에 올라가는 모습, 물속 깊이 잠수하거나 먹이를 먹는 모습, 깊이 생각하고 어딘가를 주시하거나 절망하고 위로하는 모습, 범고래와 부딪치는 장면과 대치하는 모습 등 혹등고래의 대표적인 모습들을 보여줌으로써 내가 이해한 혹등고래의 모습을 온전히 넣어보고자 노력했다. 또 그림 속에 다른 동식물을 함께 넣음으로써 혹등고래와 더 깊은 대화를 할 수 있도록 유도했다.

그림들은 나를 바다 깊숙한 곳으로 인도해 그곳을 탐험하는 상상을 할 수 있게 해주었다. 거기에서 그들에게 더욱 가까이 다가가 신체 부위 하나하나를 자세히 볼 수 있었다. 그러는 동안 나는 이 혹등고래에게 예전보다 더 깊은 애정을 느꼈다.

혹등고래는 천천히 여유롭게 헤엄치며 대부분 단독생활을 한다. 하지만 여름에는 먹이를 사냥하기 위해 극지방에 가까운 해역에 단체로 모이거나 무리를 만들어 출현한다. 주요 먹이는 갑각류의 크릴새우나 청어나 까나리처럼 떼를 지어 몰려다니는 소형 어류군이다.

혹등고래는 매우 적극적인 사냥꾼으로 사냥 방식이 여러 가지다. 직접 공격하는 방식이 있는가 하면 지느러미로 오랫동안 수면을 내리쳐서 먹잇감을 기절시키는 방식이 있다. 그중에서도 가장 독특한 방식은 거품 그물을 만드는 것이다. 방법은 이렇다. 여러 마리의 혹등고래가 무리를 이루어 먹잇감이 될 고기 떼 아래쪽에 큰 원을 만든 다음 빠른 속도로 원을 따라 돈다. 이때 고래마다 거대한 숨구멍을 이용해 위쪽으로 공기를 쏘아 올리면 휘장이 드리워진 듯 거대한 거품 그물이 형성된다. 그러면 두려움에 가득 찬 고기 떼는 서로서로 더 가까이 붙어 있으려고 모여든다.

거품 그물이 소용돌이처럼 거대한 원을 만들어내면 물 아래 있던 혹등고래들이 입을 벌리고 올라온다. 이런 방법으로 한 번에 10킬로 그램이 넘는 고기 떼를 사냥한다. 혹등고래들이 힘을 합치면 합칠수록 그물의 크기도 커지고 사냥할 수 있는 먹이도 많아진다.

여름이 되면 혹등고래들의 팀워크는 더 강해진다. 한편 남방 해역으로 이동해 번식하는 가을과 겨울에는 먹잇감도 줄어들기 때문에 대부분 체내에 저장되어 있는 지방으로 버틴다. 이 시기 수컷 고래들은 암컷 고래의 호감을 얻기 위해 서로 경쟁한다.

혹등고래는 2~3년에 한 번씩 배 속에 11개월 동안 새끼를 품었다가 낳는다. 평균수명은 40~50살 정도다.

수컷 혹등고래는 여러 소리를 낼 수 있다. 소나 돼지가 우는 소리와 비슷한 소리를 내기도 하고 때로는 대나무 숲의 나무들이 바람에 마구 흔들리는 듯한 괴상한 소리를 내기도 한다. 외계인의 언어처럼 알 수 없는 소리를 낼 때도 있다. 어쨌든 이런 소리는 암컷 고래를 향한 수컷들의 구애이기도 하고 자신의 힘을 과시하는 소리이기도 하다. 그리고 고래 전문가들이 오랜 시간 관찰한 끝에 내린 또 다른 결론은 혹등고래들은 노래를 부를 줄 안다는 것이다. 신기한 점은 매년 같은 노래를 부르며 해마다 일부만 조금 변화시켜 노래한다는 사실이다.

필리핀, 대만, 오키나와를 비롯해 일본에서 캄차카반도에 이르기까지 이곳 대양에 이어져 있는 수많은 섬을 따라 흑등고래들은 북쪽 해역을 향해 회유한다. 현재 세계적으로 흑등고래의 개체 수가 점차 회복세를 보이고 있으며 그 수는 약 6만 마리에 이른다.

과거 대만 주변 해역에서는 지금보다 훨씬 더 많은 수의 흑등고래를 볼 수 있었다. 대만은 100년 전, 남부에 위치한 컨딩墾丁에 고래 항구가 들어선 뒤 노르웨이에서 포경선 두 척을 구입했다. 그 후 남쪽 해역 일대에서 고래잡이를 시작했고 이는 제2차대전이 끝날 때까지 계속되었다. 20여 년 동안 헝춘恆春에서 대만 동쪽 연해 지역에 이르기까지 약 5~6백 마리의 대형 고래를 포획했으며 그중 대다수가 흑등고래였다. 풍부한 이윤을 남길 수 있다는 이유로 수많은 민간 업체가 포경 사업에 뛰어들면서 1957년 고래잡이는 샹자오香蕉 해변에서 전성기를 맞이했다. 그러나 1970년대 말에 이르러 국제포경조약의 제약이 점차 강해졌고 결국 1981년 대만의 고래잡이 활동이 전면 금지되었다.

비록 최근 대만 동쪽 해안에서 고래를 구경하는 일이 많아지기는 했지만, 소형 고래가 주를 이룰 뿐 범고래나 향유고래와 같은 대형 고래를 보는 일은 극히 드물다. 흑등고래는 말할 나위도 없다. 3~4년에 겨우 한 번 볼 수 있을 정도. 가끔 해외에서 흑등고래를 목격했다는 소식이 들려오는데, 마치 자연이 우리에게 해양생태계의 변화로 흑등고래 수가 점점 줄어들고 있다는 경고를 던지는 듯하다. 그렇지만 만일 흑등고래가 출몰했다는 뉴스가 매년 나온다면, 그건 해양이 원래의 아름다운 상태로 돌아가고 있다는 뜻일 게다.

내가 소설의 주인공으로 흑등고래를 선택한 이유는 우연히 보게 된 뉴스에서 시작되었다. 소설을 쓸 무렵 1980년대 중반 미국 새크라멘토강에 흑등고래가 나타나 며칠을 머물렀고 몇 년 뒤 또다시 나타났다는 뉴스를 보았다. 그 후에 대만의 단수이淡水강에도 고래 한 쌍이 나타났다가 며칠 뒤 조용히 사라졌다는 뉴스를 접했다. 나는 알 수 없는 그들의 행동에 뭔가 매력을 느꼈고 말로는 설명할 수 없는 이 현상에 서서히 빠져들었다. 그래서 나는 모험을 하기로 했다. 어쩌면 소설을 통해 과학적으로는 도저히 설명할 수 없는 이 일의 해답을 찾을 수 있지 않을까 하는 희망으로.

~~~~~~~~~~~~~~~~~~~

죽음에 관한 고찰

13년 전 겨울의 일이다. 근 1년 동안 쉬지 않고 항해한 뒤 나는 내가 탔던 군함이 정비 작업을 위해 독dock에 들어갔을 때 군함을 구석구석까지 구경할 기회가 있었다. 바다에서 나온 100미터 넘는 거대한 구축함驅逐艦은 줄지어 나열된 검은색의 지지대 위에 올려져 공중에 떠 있었다.

독에 정박한 첫째 날 밤, 야간 근무조와 교대하는 시간에 기회가 되어 나는 지하 3층 깊이 정도 되는 독 밑으로 내려갔다. 바닥에 깔린 철판 길을 따라 조심스럽게 뱃머리 쪽으로 가보았다. 땀처럼 한 방울씩 떨어지는 기름과 비릿한 바닷물 냄새가 코를 타고 들어왔다. 벽에 붙은 조개껍데기와 기름 찌꺼기들도 조금씩 바닥으로 떨어졌다. 사방에서 뚝뚝 떨어지는 소리가 났다. 이따금 내 팔뚝으로도 이물질이 떨어져 내려 깜짝 놀라 온몸에 닭살이 돋기도 했다. 그 후 며칠 동안 온몸이 가렵고 아파 고생을 해야 했다. 하지만 상관없었다. 난 곧 제대를 앞두고 있었기 때문이다. 그날 나는 고개를 들어 수면 위로 온몸을 잘 드러내는 일이 별로 없는 녀석을 최대한 자세히 구석구석 들여다보았다.

바다 위에 있을 때 내가 잠자는 위치는 뱃머리에서도 닻을 내리는 곳 부근에 있는 선실이었다. 만약 해양 생물에 비유한다면 그곳은 어류나 해양 포유류의 뇌에 해당하는 부분일 터였다. 매일 나는 그 좁고도 낮은 공간을 비집고 들어가 피곤한 몸을 누인 뒤 어떻게든 아무 생각 없이 자려고 애썼다. 하지만 잠들지 못하는 날이 더 많았다. 적막이 내려앉은 밤, 심연에서부터 올라오는 파도 소리를 들으며 뜬눈으로 밤을 지새우거나 벽 쪽에 붙어 누워서 초점 잃은 눈으로 사방을 두리번거렸다. 복도에 희미하게 켜져 있는 조명을 우두커니 바라보는 날도 있었다. 오랜 시간 바다를 떠돌다 보니 세상과 완전히 단절된 느낌이었다. 그때는 정말 오랫동안 세상이 어딘가로 사라져버린 건 아닌가 하는 강렬한 느낌이 들었다. 배에는 오직 나 혼자만 있는 것 같았다.

어떤 날은 공포에 휩싸여 잠들었고, 어떤 날은 장기간 항해하면서 느낄 수 있는 외로움과 고독함을 조용히 즐기기도 했다. 나는 그렇게 들쭉날쭉했던 심경의 변화가 어쩌면 죽음을 준비하는 자세가 아니었을까 생각한다. 그렇게 인생의 마지막 정점인 죽음을 희미하게나마 먼저 체험해본 것이 아니었을까? 얼마 전까지만 해도 군함이 좌초되는 꿈을 꾸고 놀라서 깨는 일이 많았었다.

그날 밤, 뱃머리 앞에 서서 물이 떨어지는 소리와 파도가 일렁이는 소리를 가만히 들으며 배가 마르길 기다렸다. 날이 밝자 안쪽에서 떨어지던 물소리도 멈추었다. 떠오른 태양이 거대한 흑색의 군함을 비추자 강철과 얼룩으로 뒤덮인 늙은 몸뚱어리에도 소리가 그쳤다. 그제야 나는 비로소 진짜 바다에서 육지로 돌아온 듯한 느낌이 들었다.

1993년 7월

옮긴이 하은지

한국외대 통번역대학원 한중과를 졸업했다. 프리랜서로 국내 유수 기업에서 번역, 통역, 강의를 담당했으며, 현재 번역 에이전시 (주)엔터스코리아에서 중국어 전문번역가로 활동 중이다. 주요 역서로는 『마음을 숨기는 기술』『정서적 협박에서 벗어나라』『나의 공룡친구-백악기1(출간예정)』등이 있다.

흑등고래 모모의 여행

1판 1쇄 발행 2018년 2월 19일
1판 4쇄 발행 2019년 8월 12일

지은이 류커샹
옮긴이 하은지

발행인 김기중
주간 신선영
편집 강정민, 박이랑, 양희우, 서동환
마케팅 정혜영
펴낸곳 도서출판 더숲
주소 서울시 마포구 동교로 150, 7층 (04030)
전화 02-3141-8301~2
팩스 02-3141-8303
이메일 info@theforestbook.co.kr
페이스북·인스타그램 @theforestbook
출판신고 2009년 3월 30일 제2009-000062호

ISBN 979-11-86900-43-7 (03820)

이 도서의 국립중앙도서관 출판예정도서목록(CIP)은 서지정보유통지원시스템 홈페이지(http://seoji.nl.go.kr)와 국가자료공동목록시스템(http://www.nl.go.kr/kolisnet)에서 이용하실 수 있습니다.
(CIP제어번호: CIP2018003119)